后浪

不确定宣言
3 本雅明在逃亡

［法］费德里克·帕雅克——著
余中先——译

Frédéric Pajak

四川文艺出版社

目　录

隐形的报告

"无论什么样的苦难：要不，人们就是理解错了，那本不是一种苦难；要不，它就诞生于我们的一种有罪的缺点。而我们理解错了就是犯了错，同样，无论什么样的苦难，我们都不能把它归咎于他人，只能归咎于我们自己。现在，你就自我安慰吧。"

——切萨雷·帕韦塞[1]，《生活的本领》，1937 年 1 月 28 日

　　童年时，我就不喜欢笑。我想说的是：我不喜欢参与集体性的欢笑。一桌子人或者一大群人的笑会让我感到难堪。而且，来自人群的一切，走向人群的一切，都会让我很不愉快。我的嘴唇往往会紧紧抿住，而且艰难地拉长：我微笑。

　　埃德加·爱伦·坡在他的诗《闹鬼的宫殿》[2]中写道：

　　　　可怖的一大群无休无止地冲行，

　　　　放声狂笑——却无一丝笑颜。

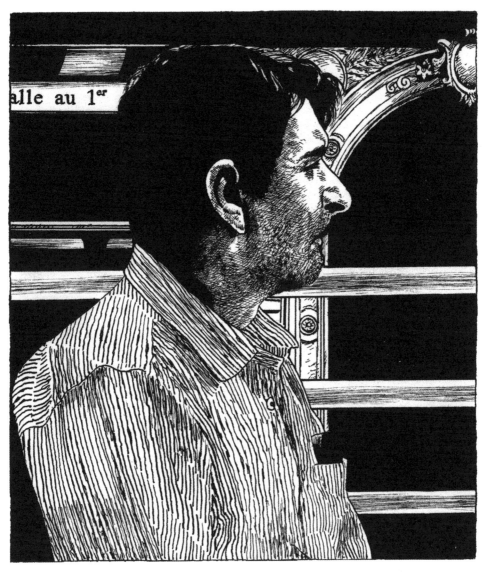

　　我微微露出尴尬的微笑。一切都会让我尴尬：一种表示热情或亲昵的举动，一番指责，一番表扬。我的尴尬是从哪里来的呢？在我的幼年时期应该发生过什么事情：祖母过紧的拥抱，一位姨妈过分的抚摩。我肯定是微笑着来的，准备抽身挣脱。

　　实际上，我为我不得不微笑而痛苦，因为，我微笑是为了不必回答，是为了打断对话。

　　法国人有一个说法："他的舌头把他给岔开了。"[3]确实，有时候会发生这样的事，一个词语从我的嘴里说出，远远超越了我的想法，或者，说出了跟我的想法不同的意思。这个词可能会显得笨拙、不舒服、平庸、充满敌意、暴烈。它让我难受。它还让人为难，它让我的对话者感到震惊。我后悔，我羞愧，但是，悔什么，愧什么？这个词，我真的就没有想到。它并不属于我。这个岔开的词，并不完全是口误。我并不让它跟我的无意识有任何关系。这是一个多余的词。真的什么都不缺了，要缺的也只是：多余的词。

对于保尔·尼宗[4]，他的书就是他留在自己身后像一条导火索那样的遗产。它们允许他"一路爬向光明所在"。

在《走向书写》中，他把自己定义为一个"说话者"，也就是说，是"某个觉得不得不对自己说些什么的人，要说出他看到、了解到、感受到的东西"，要不然，他就得把万事万物、把世间众人，甚至还把他的生活全都丢给虚无。是书写把它们从非存在、非现实中拯救了出来，更有甚者："唯有变成了言语的现实才是一种获得了的现实。"由此说来，现实并不存在于自身中，它需要有词语，写下来的词语，来获得存在的权利。

　　但是，说出来的词语又成了什么呢？它们只是塑造了现实的影子，还是一直短暂易逝呢？在口头传播的社会中，它们可是现实的提供者。脱口而出的词语并不仅仅揭示了此刻，而且还巧妙地通过传说、故事、史诗、寓言等保障了过去的恒久留存。

　　而我们，今天的饶舌者，在我们那零零碎碎、不断被打断的对话中，现实还给我们留下了什么？给出的话语什么也不能担保。说出口的词语消失在了普遍化的絮絮叨叨中。必须一说再说，再三重复，才能让那些词拥有言语的品质。兴许，还得结结巴巴地说，为的是让每个词的每个音节都能得到强化，同时也成倍地增加其成为现实的可能性。

　　但是，在词语所揭示的现实的背后，还存在另外一种现实：那就是梦幻的现实。切萨雷·帕韦塞把这一现实看成一个已存在的、完全可以触摸的世界。而当人们进入这一世界中时，也即我们每一次入睡时，"梦幻就在等待我们"。并不是我们把它们创造出来的，它们本来就已经在那里了。

我带上几桶合成树脂
它用来制造地面，平滑而又光亮
在诊所的大厅，还有健身房
但这产品很危险，会让人窒息而死

我曾是临时工，就是说，我屁都不是
始终是最可能被老板解雇的那个人
从来就不敢抱怨任何其他工人
只能默默忍受这些人类兄弟的蔑视

早在青年时代，我就是个小可怜
用掺了木屑的沙粒
拼命擦干大肚的油罐
然后再涂上色彩阴郁的油漆

货车司机的活儿，我干了半年
专门跑屠宰场送待宰的牲畜
总闻到牲口的骨架，在垃圾场里腐烂
总听到牲口的叫声，一声声多么恐怖

我也曾在夜班卧车中当列车员
我们从日内瓦出发，一路奔向罗马
我在我的包厢中抚摩厌烦
然而有时候幸福无边

我们列车员中有几个小伙子
租了一辆摩托车去海边漫游
从上午九点起就开始饿肚子

只喝啤酒还有苦涩的利口酒
然后夜幕降临时我们又原路返回
步履蹒跚地上车，拥着一个罗马女人
至少一星期我们会保留这滋味
她最终送给我们的那无来由的吻

这样的小小活计，我曾干过几十种
印刷工场的学徒，建筑工地的杂工
可是我憎恨劳动，还有工人阶层
不断重复的命令，下流的喊叫声

我憎恨流逝的时光，我的整个生活
累人的白天，还有短暂的黑夜
令人忧伤的时辰，滑稽可笑的动作
那些窒息的词语，所有那些误解

我重又看到了我，在巴黎的拉丁区
孤独寂寞得要命，想寻找某一个人
一点点词语，很少，哪怕是陈词滥调，只要少许
只要一道目光，一丝声音，在清晨

我愿有人对我说到天气，或晴或阴或下雨
吧台前庸俗无聊的家长里短
面对着一杯浊酒，只为让瞬间延续
让湿漉漉的泪眼望向人行道的边沿

　　直到那时，我竭尽所能地让生活变得像模像样。而我所希望的样子，我却完成得很少。或许是由于我的随心所欲，或是由于我缺乏对辉煌成就的兴趣。

更年轻一些时，当我工作时——我用身体，而绝不是用脑子工作，我每星期五晚上领取现金薪酬，一笔滑稽可笑的数目。我留出一部分作积蓄。当我不工作时，我就去旅行，而我去工作只是为了能够去旅行。那时候，大众旅游还没有遍及异国情调的角角落落。旅行还没有完全成为一种产业。

　　我由此熟悉了旧世界，就在它真正消亡之前的不久。我并不为此感到有什么怀恋。也没有什么遗憾。美好的记忆并没有回到我的回想中：它们熟睡了，走向了死亡。

　　我是在光荣三十年[5]中长大成人的。我是那个年代的孩子，而不是它的演员。我生活在舒适之中，在疲软之中，在一种对生活之艰辛的巨大无知之中。一切都是平静的，尽管我也了解苦难，还有种种令人悲痛的事件。我曾因此焦虑不安。我曾因此忧伤。我度过了一次次的绝望危机。

　　然后，我经历了贫穷。我曾无法支付我的房租。我曾饿肚子。我曾乞讨食物。我熟悉种种的不公与残暴。我并不为此抱怨。

　　假如我冷静地审视我的生活，我不会从中找到任何的伟大崇高，即或灿烂辉煌或戏剧性的历史所洋溢着的那种伟大崇高。这并不是说，在我流逝的生活中，一切都是那么平庸轻薄或悲惨无比，而是说，"大写的历史"并未参与其中。或者，还不如说：历史在其中的表演没有演员，而且面对着一片空空的布景。我在这里说的是我所居住过的那些城市或乡村，而且局限于西方世界中。我说的是我这一代人。

　　我跟我的朋友、伙伴们、爱人们一样，是一个很快就将彻底走向物质主义社会的同时代人。种种商品来自于四面八方，同时也流向四面八方。它们干预着我们的生活。因为，在历史上还是第一次，我们这些年轻人真的有钱能买东西了。人们把我们叫作"青年"，而我们却不知道，这一称呼表达了何等的嘲讽。我们变成了顾客，"目标"。

　　一些新产品特地为我们而造，在市场上大量涌现，从新潮的服装到文化用品，其中，别忘了还有毒品。

　　密集的消费变成了我们的生活方式，成了我们遁世的温床。谁能想象，它有朝一日会充满我们社会的整个空间？

　　我们生活在一个理想的福地，然而，这于我们还不够。我们梦想着另外一个社会。拒绝让我们进入主流社会中的，既不是它的平庸性，也不是它的不平等。我们的不满足在别处。

　　这不满足，我们提到它时，用的是一种幽默或者心照不宣、玩世不恭的口吻。我们分析它时，使用的是一种很快就遭否认的措辞。我们跟它斗争，却从来不争论。我们甚至还治疗它，比如说用镇静剂来缓解抑郁。但是，没有人会真正赋予它以确切的词语。

　　有时候，再也忍受不了，我们会反抗。但这不会有什么结果，我们动摇不了现有秩序。这秩序会很快地适应我们的口号，我们的诉求。

  必须承认，我们都还是羽毛未丰的雏鸟，我们的想法都还很笨拙、粗略，尤其是没有效果，既然我们本来就没有任何一个世界可以用来对抗"旧世界"。一些修修补补、一些让步、一些细节上的改革——常常颇具同情心，但跟一种真正意义上的革命不可同日而语。我们提高了声调，因为我们无话可说。而且，我们实际上什么都没有说。

就这样，我在一些可怜的想法、一些虚假的情感中长大。我实在没办法加以补救。面对着我的失败，我有掘墓人一般的不耐烦，恨不得马上就铲完最后的一锹土。我知道，我们没有可能去拥抱世界，拥抱时间，拥抱历史。这一段历史，它甚至都没有留下一块骨头来让人啃。它甚至连自杀都错过了。任何鲜活的东西都没发生。

然而，我们的不满倍增了。我们的嘴里留下了苦涩的滋味，它还在有增无减。我们都很绝望，却又不敢承认。我们更愿意说我们是在醒悟。我们将是从一个舒适的世界中逃亡的幸运者。

在《生活的本领》这部日记中，1940年7月3日这一天，切萨雷·帕韦塞这样写道："所有这些革命的历史，这种想看到种种历史事件层出不穷的渴望，这些波澜壮阔的里程碑式的行为，都是我们浸透了历史主义的饱和状态的结果，正因此，我们才如此习惯于把一个个世纪看作一本书的一页页，才会在每一次毛驴的嘶鸣声中，声称听到未来的钟声。"

现在，不满足感也改变了面貌，不再涂脂抹粉。它赢得了整个社会。人们用手指头指着它，把它拉到媒体上曝光，让自己变得富有怜悯心，懂得安慰，善于治疗：它始终就没有属于自己的词。

　　但是，它有自己的作弊者，他们会置身于所谓的时政新闻那被吞噬的一瞬间的光芒下。有权势的演员，各种各样的专家，红极一时的综艺玩家，他们游荡在化妆间，脸孔被粉底霜咬噬。他们的鼻孔再也闻不出一丁点灾难的气味。一切于他们皆无臭无味，而他们要在电视摄影棚虚假的灯光下竭力扔到公众脸上去的，也正是这样一种麻木不仁。他们活像是一些丧失了血肉肌肤的幽灵，祈求着观众的掌声。

我很快就将写下我们人类的卑劣渺小。

我会从什么开始呢？那就从幸福开始吧。

维尔努什

"这里，唯有寂静才允许自己说话。"

——塞万提斯，《堂吉诃德》

　　1938 年底。在丹麦，在他的朋友贝尔托特·布莱希特家住了很长一段时间后，瓦尔特·本雅明回到了自己的家，巴黎 15 区东巴勒街 10 号。法国政府积极靠拢纳粹德国的努力让他十分担忧。他担心，对德国流亡者抱有某种怜悯之心的法国人会突然改变立场。疑虑在扎根，在滋生。"外国人身份法"正在酝酿制订的过程中，而"司法秩序在欧洲范围内的崩溃，使得任何形式的立法都变得有名无实"。

　　至于获得法国国籍的前景，他早已不再相信。

　　1939年在表面轻松的气氛中开始了。1月10日，葛蕾戴尔·阿多诺[6]从纽约来信说："请问，你能不能给我寄上一份配制巧克力慕斯的好配方？"

　　但是，生活条件的艰难和冬季来临，使他突发抑郁症。住宅楼里，电梯发出的持续噪声严重妨碍了他集中精力，也妨碍他休息。

　　还有一个坏消息：他交给台奥多尔·W.阿多诺的、为社会研究所——自从1935年起，他就开始跟它合作了——而写的题为《波德莱尔笔下的第二帝国时代的巴黎》的文本，却让阿多诺大失所望，以至于拒绝出版。

　　在给朋友哥舒姆·肖勒姆[7]的一封信中，本雅明谈到了卡夫卡，谈到了他的幽默，以及他的小说《美国》所描写的"广泛的滑稽"。他拿卡夫卡跟劳莱比较，他在卡夫卡的好朋友马克斯·布罗德[8]这一人物身上看到了他的哈台[9]的影子。总之，在他看来，要想好好地理解卡夫卡，就需要真正做到"从犹太人的神学中揭示出喜剧性的方方面面"。

　　1939 年 3 月。希特勒吞并了他所谓的“捷克的剩余部分”，创建了波希米亚和摩拉维亚保护国。成千上万的人流亡法国，寻求庇护，由此也在行政管理方面造成了种种前所未有的政治与物质问题——而这些问题显然是无法解决的。

　　本雅明的经济境况还在每况愈下。社会研究所经历着重大的困难。研究所主任马克斯·霍克海默[10] 告诉他，迄今为止他一直获得的定期收入将被取消。

　　除了他被当作客人应邀在布莱希特家或在他的前妻朵拉家的长期居留，以及从一些不定期合作的报刊与杂志那里收到的一些酬金，他每个月能从研究所领取两千四百法郎。这些钱尽管只相当于一个单身汉的最低维生水平，但毕竟还是构成了他仅剩的固定收入。生活在这一水平下是无法想象的，因此，他3月14日写信给肖勒姆这样说："在我眼里当今世界实在是乏善可陈，而未来世界的承诺又是那么的不确定，让我根本无法下定决心。"

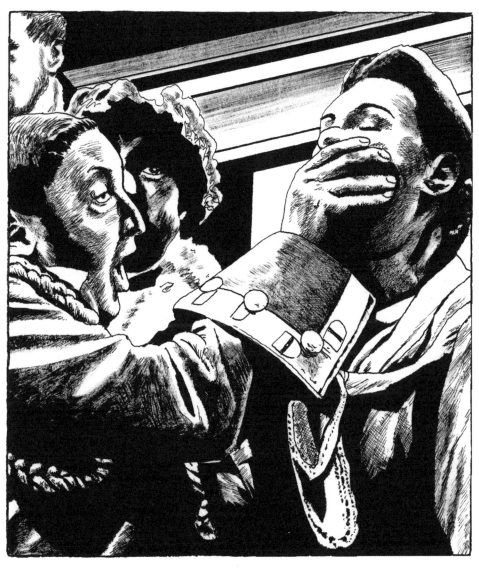

　　在他的一篇文章——题目是《巴黎来信，一篇关于法西斯主义艺术理论的随笔》——发表于莫斯科印刷的杂志《词语》之后，本雅明失去了他的国籍。"来自德国的避难者"这一身份使他有权利得到法国的居留证，而这一证件允许他毫无困难地获得前往巴勒斯坦的一纸签证。在同一封致肖勒姆的信中，他再一次提到了在耶路撒冷与对方见面的可能性，他还补充说："在因为犹太人而分割治理的各个不同的危险地带，现在法兰西对我是最具威胁性的，因为，在这里，我从经济层面上感觉被彻底孤立了。"

　　但是，到了 4 月份，本雅明就再也不谈巴勒斯坦了：他梦想着前往美国，这看来很有些不可思议，因为申请并等待去美国的名单长得令人绝望。领事馆甚至说，等待获得一份签证的期限可能会长达"四年甚至五年"。此外，还必须让研究所任命他担任讲课教授，而霍克海默并没有这个打算。

在一封给玛格丽特·斯特凡[11]的信中，他写了这样一段附言：

"维也纳煤气公司已经停止为犹太人提供煤气。犹太民众使用煤气导致了公司的巨大损失，因为最主要的那些消费者根本就不付他们的煤气费。犹太人更愿意求助于煤气来实施自杀行为。"

尽管一场战争的威胁显得日益无法避免，本雅明还是固执地留在法国。他坚信："希望只青睐绝望之人。"

莫斯科，1939 年 8 月 23 日。当着斯大林的面，德国外交部长里宾特洛甫[12] 和苏联外交部长莫洛托夫[13] 签订了一份两国之间互不侵犯的协定。法国共产党人暂时对纳粹妥协。对本雅明而言，原本渺茫的一丝希望——苏联人能成为抵挡德意志国防军军国主义的堡垒，也烟消云散了。

很久以来，他就知道，必须"彻底斩断为人类提供拯救方案的徒劳意愿，彻底放弃'极权'制度的无耻前景"。

魏玛共和国[14] 时代的左派犯下了一些无法弥补的错误。至于人民阵线[15] 时代的左派，他则认定，他们气数已尽，去日无多了。工人阶级及其各色同盟军实现不了马克思主义原本的愿景。幻觉的时代已经彻底结束：法西斯主义赢得了胜利。

9 月 1 日。德国军队入侵波兰。

9 月 3 日。英国于 12 点，法国于 17 点，分别向德国宣战。达拉第政府[16] 通过张贴告示，命令在法国的所有年龄在十七岁到五十岁之间的男性德国人与奥地利人，全都集中入住到指定的营地，无论他们是流亡者还是希特勒政权的同情者。他们必须带上一条盖毯，一条毛巾，还有够两天用的生活用品。而女人们则必须前往其他的集聚营地——例如冬季自行车运动场。全法国一共有六十五个这样的营地，专门关押德国、奥地利和萨尔州[17] 的流亡者。这些侨民一概被毫无区别地看作"敌对分子"，代表着一种对法国的潜在危险。

柏林画家沃尔斯[18] 被关进了位于埃克斯－昂－普鲁旺斯城的米尔营地。他这样描绘道：

> 战争来了
> 我本人身陷羁押
> 得到承诺会被区别对待
> 却遭漫长时间的侮辱
> 没有得到公正的对待

犹太人，法兰西的朋友

善良的种族

并不真的是一个种族

而是一个命运共同体

他们常常很愚蠢。常常

很优秀（如同大地上的所有人）

农业工人，医生大夫

博学的波希米亚气质的学者、艺术家

还有资产者，还有正统派，

都知道有人把他们交给了他们的

敌人

政治（愚蠢的东西）

会带来蠢行

但是背叛为

这场战争吹响了号角

再也没有任何人被触动

　　本雅明在巴黎已经断断续续地居住了十二年，此时不得不前往位于巴黎近郊科伦布的伊夫庄园奥林匹克体育场。他随身所带的所有行李，只是一个装满了书籍和手稿的行李箱。

　　在体育场，一条露天的自行车跑道上，他又见到了汉娜·阿伦特的伴侣海因里希·布吕赫[19]，他们在两年前曾见过面。两个人都得到了准许，在草地的一角安置下来，也就避免了时时笼罩在看台上的那种杂乱氛围。他们在那里待了九天，晚上就睡在潮湿而又气味难闻的草堆上。他们吃的食物，只有分配的面包与鸭肝酱。

　　那里的卫生条件十分糟糕：洗漱用的是罐头盒，大小便在桶里解决。所有的关押者都被体育场的负责人即法国警方的帮凶们剥夺了金钱、有价值的物品以及身份证件。本雅明属于年龄最大的那一批。他表面上的麻木不仁、心不在焉让人惊讶。他结识了作家汉斯·萨尔[20]，还有一个叫马克斯·阿隆的年轻人，他深深同情这个年轻人。被拘禁者由公共汽车运送到巴黎的奥斯特里茨火车站。从那里，他们再被押送上铁皮货车厢，前往涅夫勒的集中营。

　　火车在路上整整走了一天才到涅夫勒。晚上，他们不得不在黑暗中快步行走了两个小时。本雅明走得筋疲力尽。他感到心脏不适，多次跌倒在地。马克斯·阿隆扶着他，给他提着行李箱。后来，到了集中营，他就待在他身边，"帮助他，服侍他，就像一个弟子对待德高望重的大师"。

　　流亡者们最终到达了维尔努什城堡，它位于圣约瑟夫葡萄园，已经被当局改造成了"志愿者劳动营"。没有灯，没有床，没有桌子，没有椅子，甚至连一枚能用来挂生活用品的墙钉都没有。人们疲惫至极，倒地就睡。

　　三百人聚在一个屋顶下。本雅明认识了汉斯·菲特科——而这一结识被证明将是具有决定意义的，丽莎·菲特科[21]后来在一次与理查德·海纳曼的谈话中是这样说的："他实在不知道该如何保护自己来御寒避雨。那时候，我丈夫就决定帮助他，我丈夫在日常生活中则很善于灵活地处理种种事务。"她还补充说，"他很怪。真正是一只生不逢时的不幸的鸟儿。"

　　本雅明是个老烟枪，但他私下里告诉汉斯·菲特科说，他刚刚戒了烟，戒断期对他来说十分难熬。"时机兴许选择得很不当。"菲特科向他指出。但是本雅明反驳道："只有当我不得不调动起我整个的内心力量，并把它们集中于一种重要的努力时，我才可能忍受集中营的生活条件。而这一努力，在如今的情况下，就是戒烟。因此，可以说，它成了我的救命稻草。"

9月25日。本雅明给葛蕾戴尔寄去一封信，请她用法语回答他，以便检查部门审查："迄今为止，我们一直都还没有确定我们的命运。毫无疑问，等待中的那些时刻是阴暗的。在一个如此庞大、成分如此多样化的群体中生活，并不总是一件容易的事。然而，必须承认，集中营里笼罩着一种善意的同志精神，而且权威者也表现出一种真正的忠诚感。"

本雅明这一阶段的信件数量相对较少，规定只允许每人每月最多寄八封信。不过，他在10月23日还是给《南方手册》的主编让·巴拉尔[22]写了信，在信中说："我很愿意跟您交流，希望希特勒能垮台，而不至于导致一连串的灾难，让可怕的岁月始终萦绕在我们的回忆中。"

让·巴拉尔则很友好地回信说："当我想到，一个法兰西的朋友，一个法兰西精神的爱好者，居然会跟那些麻木不仁者，跟那些敌对者混杂在一起，跟他们大多数人一起成为难友，我感到真正的忧伤。因此，我衷心希望您能很快地得到甄别，毕竟，我认识您已经都不止有十五个年头了，我希望，我们能得到您的信任与合作。

"您所表明的那一份忠诚，尤其是您通过多次在《南方手册》等杂志上发表的深入人心的卓越作品，与从不间断地给予的对我国思想的那种高度尊敬，已经证明了，您完全值得我们的信任。

"……您属于那样的一类人，你们显示出，法兰西的精神可能而且应该滋养出欧洲精神来，而在眼下这一刻，它的光明是最能给人以慰藉的。"

在集中营里，没有别的，只有等待。关于囚禁者的命运，没有任何决定下达。人们谈到上面专门成立了一个"筛选委员会"，但那究竟是怎么一回事，却无人知晓。本雅明没有抱怨，忍受着苛刻的囚禁条件。毫无舒适可言，只有寒冷。然而，他仿佛已经跟现实完全脱钩。汉斯·萨尔后来也证明了这一点："在我看来，从来就没有在一个人的身上，思想与行动之间的悲剧性冲突显得是如此清晰，他作为马克思主义者，确实在寻求实现这两者的一致。我也从来没有见到过一种方法会如此痛苦地受挫，在对生活的可爱的无知中，这个方法本以为能够'改变'现实，实际上却只能局限于去竭力解释现实，一瘸一拐地跟随现实。本雅明所具有的无可比拟的才华，从细节出发去理解整体的能力，这一次反过来把矛头对准了他自己。"

一天晚上，当本雅明观察着铁丝网另一侧的绵羊悠然自得地吃着青草时，他对萨尔说："将来有一天，我重新坐在一个露天咖啡座上，无所事事地拨弄着大拇指，这就是我现在渴望的一切了。"

被拘禁者马上体验到一种纯属日耳曼精神的组织模式。劳作、整洁、秩序、纪律、服从："从混沌与杂乱中诞生了一个社会。"

为了克服不确定感和无所事事感，某些囚徒投入关于精神分析学、哲学、政治的长久争论中。他们中有乐队指挥汉斯·布鲁克[23]、作家赫尔曼·凯斯滕[24]和汉斯－埃里克·卡明斯基[25]。本雅明为他们上了一堂露天的哲学课。他对集中营指挥官谈想出版一种"当然是高水平的"杂志的计划，一种为知识分子而办的报纸，以便向法国人显示，他们当作"敌人"关押在这里的都是一些什么人。报刊的名称为《维尔努什公报·第54团劳动者报》。

"这份周报或半月刊应该被用作营地生活的一面镜子。它的目的将是双重的：一方面，它针对被羁押的人；另一方面，也针对他们的亲朋好友，无论他们是法国人还是德国人。"本雅明所组织和领导的，是一个真正的编辑委员会。他确定内容目录，约见合作者。会议中有烧酒喝，那是偷偷带进营地去的。刊物会在纳维尔排印。杂志销售所得将充实到救援基金中。鉴于刊物的制作成本很低很低，每份杂志确定的售价定为五十生丁，如此算下来，每份杂志所得的利润也就大概是二十生丁。

公报的目标是"让维尔努什小小共同体中的不同成员之间加强了解，增进他们之间的同志情谊。这份刊物的作者们尤其应该感受到，自己就是同志们的可信赖者和心声转达者。他们并不为他们自己的虚荣心寻求一份精神食粮，而应该密切地参与集中营的生活。……刊物总体上不谋求文学声誉，也不准备向轻而易举的娱乐性让步。但是，种种严肃的消遣、猜谜游戏、逻辑问题等将在其中占有一席之地"。

它的目标还包括安抚难民，让他们稍稍摆脱单调的思考、郁闷的思辨。它应该有助于"这一个集中营里的，甚至兴许还有分布在法兰西各地的那些集中营里的精神卫生"。

在第一期杂志的目录中，我们可以看到，一位编辑毛遂自荐，提议要做集中营囚禁者的人口学统计，即十八岁到五十岁男性所构成的人口统计。"这些难民的出身、社会环境、与法国人的往来关系，的确将会清晰地揭示，德国的哪些阶层尤其受到了希特勒主义迫害的影响。显而易见，对囚禁者的所谓种族成分的研究，将会在这篇文章中找到它应得的位子。"

另外一篇专栏文章将讲述集中营的生活，军事当局与被囚禁者之间的关系，人类生活的基本必需品以及尽可能地满足这一需求的办法：草褥的分配，房间、阁楼甚至走廊的安排，凳子、长椅、搁架、挂钩的制作。

一项针对在集中营里流传的图书的调查将展开，他们都携带有一些什么书，什么书人们读得最多，读者都是一些什么人：已被发现的或者潜在的读者都是什么人，谁有读书的习惯，是因为职业的关系，还是因为趣味，谁又为打发时间而阅读，等等。"总之，写调查报告的作者试图分析在例外情境中的阅读会产生的心理影响，例如，在一个有着三百多个人，每个人的兴趣与社会状况均有相当大差异的群体中的阅读。"

某种清单将得到撰写，它要记载囚禁者们为丰富自身的业余生活所做的努力，例如合唱，以及把他们聚集在一起的对歌唱的爱好：大众流行歌曲与经典金曲的曲目。"对那些并未接受过任何专业训练的声音的看重，提出了一些很专业的问题。文章将揭示人们是以何种方式得以勉强应对的。对个人抱负的排斥便是一种现代化成功的主要条件。"

萨尔建议撰写一篇题为"一个社会从虚无中的诞生"的文章。它会涉及一种"集中营的社会学，带有对囚禁者经验的一种描写，从挖茅坑洞的第一铲开始，一直到他们所建成的'文化上层建筑'为止"。

但是，这样的一份《维尔努什公报·第54团劳动者报》一直未能面世，完全如同本雅明在此前计划创办的其他两份流产了的杂志：1920年的《新天使》，还有1930年的《批评与危机》。

10月17日。在离巴黎不远的丰特奈玫瑰镇，保尔·莱奥托[26]在他的《文学日记》中写道：

"我们谈到了战争，它是那么奇怪，那么神秘，那么充满新手段，无论是政治上还是战事上的手段，以至于我们对此一无所知，底下的情况根本不为我们所知，必须避免热情过度，好奇地去了解操纵游戏的那一小帮人。……对于像我们这样的人，唯一应该采取的态度就是：保持沉默，不轻信，蔑视。

"看来，纪德已经给政府写信，决定在宣传方面效劳。那将会很漂亮，这同性恋的、晦涩难懂的、变态的新教徒的宣传。

"人们在报纸上写一些莫名其妙的话，语言的意义和知识正在消失。对于很多书，人们也可以同样评价，而这些书的作者中有一些还是著名作家。甚至，这些书的主题，都受到了外国的影响，尤其是俄国的影响，例如，在纪德的书中，在杜阿梅尔[27]的书中，就能看到那个可恶的陀思妥耶夫斯基的影子。这种人道主义，利他主义，福音主义，非宗教的世俗布道，传道式的词汇与文风，所有这一切，离我们有十万八千里之遥。人们已经不再认识语言了，法兰西的文学不再是法兰西的了。一个国家发展到这一地步，实在是充满了重大的危险。"

11月19日，莱奥托接着说：

"到处都在流传这样的消息，说是政府将召唤一百万殖民地军人，以替代在前线的同样数量的法国士兵。这一下，我们就该知道法国殖民过程的好处了。我们将前去杀害、剥夺、征服那些本来在自己家园中平静度日的人，而这些人，他们对任何人都没有什么要求，也没有威胁到任何人。今天，法国人竟然对他们说：'快来吧，为了保卫法兰西，就请你们来替代我们碰得个头破血流吧。'而且，我们还没有恳求他们：我们就是强行征他们入伍。对于他们，同样也实行义务兵役制。这可怕至极。今天的整个社会完全配得上这一形容词。"

波兰人安杰伊·波布考夫斯基[28]在他的《日记》中这样写道：

"我看到军人穿着拖鞋在城里头巡逻。"

1939年11月16日。本雅明被成功地从营地解救出来，这多亏了一些有影响力的朋友的斡旋：他们中有阿德丽安娜·莫尼埃[29]、希尔薇娅·毕奇[30]、吉赛尔·弗伦德[31]、弗兰茨和海伦·海塞尔[32]、赫尔曼·凯斯滕、儒勒·罗曼[33]、保尔·瓦莱里[34]、保尔·德夏尔丹[35]。靠着亨利·奥普诺[36]——外交部某部门的一个主任——的决定性帮助，他们赢得了一个部际委员会的决定。本雅明承认了他对法国行政部门的"绝对忠诚"。

11月17日，他收到了吉赛尔·弗伦德的这样一张字条：

> 亲爱的朋友，我们的朋友奥普诺先生刚刚从外交部给我们打来电话，说是他们的筛选委员会已经在昨天也就是11月16日做出了决定，决定将您释放。
>
> 因此，您已经自由了，我们焦急地等待着您。我希望，关于您获释的命令会立即传达给你们那里的指挥官。它是最终的命令！因此，请您放心，并拿出勇气来。
>
> 顺致敬意！
>
> 吉赛尔
>
> 附言：您的释放令一旦传达到位，请您立即告知我们一声。我们得知您确切的释放日期后，会派车来接您，但我还是希望这张明信片能及时寄到您这里。

本雅明瘦了，极为疲惫，他在莫城小住了几天——出于一些不为人知的原因——之后回到了巴黎。

11月25日，他看到了处于戒备状态中的首都巴黎："从下午四点钟起，整个城市就陷入到黑暗之中。人们到晚上就不出门了，孤独始终在窥伺着你。"

  心脏的并发症让他的体质变得很弱，甚至迫使他每走上三四分钟就得在走廊中停下来缓上一阵。医生诊断他得了一种严重的心肌炎。检查就停留在这一步了，本雅明没有办法做更进一步的检查。

  在研究所的要求下，他多少有些犹豫地重写起了他那本关于波德莱尔的著作。他把他的新版本定名为《关于波德莱尔的几个话题》。

  他重新回到东巴勒街的公寓，他也重新遭遇了不舒适、寒冷、电梯那纠缠不休的噪声，另外，还有对面阳台上一个"无能的油漆匠"发出的口哨声。

信　任

我会很乐于描画我那轻盈的思想，
但，一想到此，我的思想就已经改变，
我抓住的挣脱我，万物皆如水流淌，
过去被当下涂抹，永远被现时替代，
我的思维就这样，归结于这一嬗变。

——艾蒂安·杜兰，《致易变无常的哲理诗》[37]

　　颜色发褐的小灌木在田野里一丛一丛地散开，被拖拉机的铁刺划破。远处，大风车在闪闪放光，引来蹲守的一座座塔门的嫉妒，那些古老的柱子也同样眼红，疲惫地拉开它们的电线。有时，从高速行驶的列车中望出去，突然，能看到一群群新建的别墅，某个工厂的一小截，一个货栈，然后，在一片淤泥的边缘，又是一些处于冬眠状态的树木，四分五裂的手指头，就在一月底被撕扯得如棉絮一般的高天之下。世界噤声，而我们雕刻它的沉默。不成形状的石膏，雄辩的骨架，我们数着我们已死去的词语，凝集在嘴边。

　　脏奶油色的天空。人行道的眼泪形成水汽。二月份的寒冷并不更冷，它给人的脸戴上沉重的面具，眼皮被揉皱，眼睛像玻璃，嘴保持中立，既不叫也不笑。人们就这样，在街上，在工作场所，在家里，不抱希望，被并不来临的夏天折磨得迟钝。人们急得跺脚，焦急万分却不再知道为何焦急。为阴暗天空中的凝块吗？为方砖地上的阳光吗？

　　等到什么时候，夏天才会来临，热风才会轻轻地抓挠大地背上的皮肤？

　　然后，银色的沙丁鱼在炭火上热腾腾地冒气。当一小群疯狂的斑鸠在天上飞过，人们会一口喝干开胃酒。人们将发出阵阵开怀大笑，还有喋喋不休的闲聊，蟋蟀齐唱，仿佛奏响了铜管乐，星星布满了七月的夜空，像是钉在褪了色的黑手帕上。

　　在这数着时间过日子的时光之狱中，有多少个冬天还需要熬过去呢？人们真心不打算去数，不知是出于对数字的迷信，还是纯粹出于胆怯。还有多少次，我将看到这片吐出灰色气息的天空，这些像是被折断的胫骨的树木，这些在大白天里点亮的灯笼？

　　五月的牧草，风用似真似幻的手把它们抚平。风：亲吻，然后是重击。两棵细柔的小草倒伏在河畔向下伸展的陡坡上。是我们。完全就是我们。我们如此简单，在雨中变软，在漠然的阳光下褪色，而我们有时候还蹒跚而行，任暖风吹拂。我们蹒跚而行，而风把我们吹散。

　　而你和我，手拉着手，深夜走在死寂的城里，那里只有死的汽车在行走。巨大的城市，摇摇欲坠。它向我们张开怀抱，它的墙，它的酒吧。它拥抱我们，而我们在它体内尽情快活。

　　就在大街上，一些男人互殴，还殴打姑娘。救护车醒来，高叫，奔跑在桥梁与车道之间，然后，把一包包血淋淋的躯体扔进医院。

　　人们钻进了自己的包裹中。他们成了捆扎好的一包包物体，跑在大街上。有那么多鲜血凝固在了这些肉体中，那么多口水都干涸了。而要想洗个澡，他们还必须卸下包裹物，只是在那个时候，他们的肉体才将重新获得活力。

　　路灯，红绿灯，汽车，玻璃橱窗：行人在被人群阴影所吞噬的一个个张牙舞爪的人影间闪烁。城市的奇观不会在村子里上演：好一个胡乱造就的世界。

　　那边，有一片沼泽，竖着一些怀念死者的十字架，已被苔藓吞噬。但是你，你还活着。我们的脚步回响在家族的墓穴之上。你并脚跳在宽大的石板上，而石板盖在尸床之上，肃然的黝黑树木俯身，向你的嬉戏致意。

　　我的美人儿，你都说了什么坏话吗？你实在太热，你脱下了衣服。没有一个死人能一饱眼福，请相信我。在骷髅群中，也没有人张开过嘴。难道只有几只夜猫发出过抗议？躲避太阳的畜生懂得闭嘴。活人也一样不出声，只是手里提着喷壶给花浇水，市政公务员也一样，什么话都不说。你心中的死亡爆发出了活力。

黑夜忘记白天

"敌人想消灭历史，而我们迎头撞上
一种宣传，一种洗脑，一种暴力，
一种前所未有的奢侈。"
——埃兹拉·庞德[38]，《与唐纳德·霍尔的谈话》[39]，1962

　　一个曾写过下面这几行文字的家伙应该不会是个彻底的坏小子："一个不养活自己最优秀作家的民族，只不过是一群可怜兮兮的野蛮人。作家的社会功能就是保卫活的语言，让它成为一种明确的工具。"

　　埃兹拉·庞德是在 1939 年谈及勒内·克雷维尔[40] 时写下这段话的，后者在四年之前自杀。也正是在同一年，4 月中旬，庞德离开了生活多时的意大利，前往他的出生之地美国。他乘坐"意大利国王号"。他随身带的行李，只有一只手提箱和一个背包。

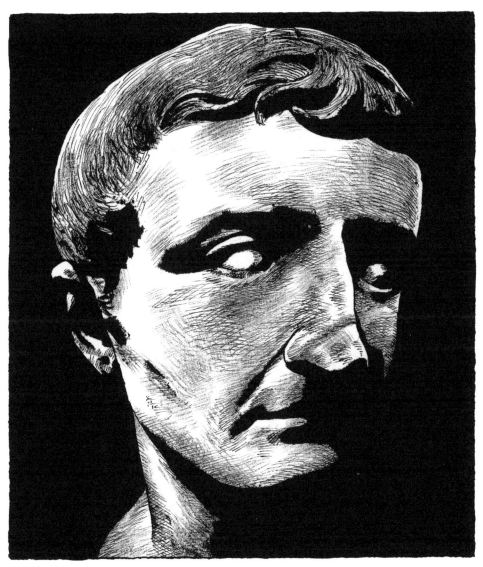

　　他此行的目的，是要说服富兰克林·德拉诺·罗斯福总统，让他相信美国为了自身利益不应该卷入反对意大利的战争。庞德的内心动机是混乱的，尽管这一动机被他对一场新的世界性冲突的真诚担忧紧紧压制住。显然，罗斯福没有同意接见他。

　　在逗留美国期间，庞德见到了不少国会议员。后来，受诗人西奥多·斯潘塞[41]的邀请，他在哈佛大学做了一次演说。6月12日，汉密尔顿学院授予了他一个名誉学位。

　　在乘船返回意大利之前，他去拜访了诗人威廉·卡洛斯·威廉斯[42]。后者对庞德的政治采访的强迫性特点甚为担忧：“假如他再继续一味地剑走偏锋，那他就会遇到严重的麻烦。”

　　他补充说：“我看这位老兄完蛋了，除非他能成功地把法西斯主义的迷雾从头脑中驱除出去，而对此，我表示深深的怀疑。法西斯主义理性化的逻辑会很快地杀死他。人们无法指望，凭借着一种新的经济计划的学术理论依据，就可以彻底抹去对无辜的妇女儿童的肆意屠杀。”

　　在威廉·巴特勒·叶芝[43]看来，庞德"能够生产出最卓越的作品，同时却因自己的行为成为最不卓越的人"。

　　他还说："这是一个经济学家，一个诗人，一个政客，会对着那些性格与动机都没法解释的坏人、那些从儿童动物故事书中走出来的邪恶形象怒火中烧。这种自我控制的丧失是缺乏教育的革命者的通病，而在那些有教养、有学问的人的身上是十分罕见的（雪莱[44]某种程度上也是如此）。"

　　詹姆斯·乔伊斯[45]觉得他"完全能够有一些辉煌的发现，同时还做下令人惊讶的蠢事"。

赫博特·瑞德[46]认为，他是"一个躁动和激奋到了危险程度的人"。

温德汉姆·刘易斯[47]把他形容为"简单的革命者，敲响所有大门——无论大门后有些什么，还是什么都没有——的浪漫派"。他说："他是真正的儿童，那么多人苦苦想做而做不成的儿童。但是，某种压抑妨碍了他把这样一种天真的热情（这本来会让他成为一个诗人）引入他的作品中。不幸的是，在他的作品中，他不停地故作姿态，装出一副很有学问的派头，挤眉弄眼，神气活现，趾高气扬，指指点点，自命不凡，由此，让他这样一个本来当真很简单也很有魅力的造物，变得面目暗淡。"

　　欧内斯特·海明威把他看作"一头驴，在写作诗歌之外的其他东西时，一百次里倒有九十九次会变得彻头彻尾地滑稽可笑"。

　　后来，海明威又说他是"经历欧洲悲剧的最后一个美国人"。

    七十七岁那一年，在回答唐纳德·霍尔的问题时，庞德坦承道："我写作是为了反抗欧洲以及文明受到诅咒的观点。假如我会因为一个想法而被钉上十字架——我的种种遐想都是围绕着这个基本想法的——那就是，整个的欧洲文化应该长存，它最好的那些品质应该长存，跟其他文化的好品质一起长存，在无论哪一所大学里。"

　　接下来的一年，他这样对格拉齐娅·利维[48]说："我弄坏我触到的一切。我始终都弄错……"

他强调说:"整整一生中,我一直以为自己知道一些事情。接着,奇怪的一天来到了,我觉察到,我居然一无所知。是的,我一无所知。词语被掏空了意义。"

"假如人们拿您的话当真,那么,当今的世界只不过是稀里糊涂的一大团堕落,对此,根本就不存在拯救的道路,是不是这样的?"

"不是的,那是另一回事:当代世界并不存在。跟过去以及未来有关系的一切,全都不存在。当今的世界只是一种融化,时间中的一段弧。但是,我再重复一下:从此之后,我就将一无所知。我是太迟太迟才明白到至高无上的不确切性。"

　　堂吉诃德病倒了，患了忧郁症。

　　"您想说什么呢，我的侄女？"他的侄女问道，"您说的到底是什么罪孽，什么慈悲？"

　　"我亲爱的侄女，我说的是上帝刚刚赐给我的慈悲啊，我在此重复一下，我的罪孽是无法抓住的。我现在的判断是自由而明确的，丝毫没有以往的那一类无知，要知道，以往落到我头上的无知，其实就是持续而又频繁地阅读那一类可恶的骑士小说带来的啊……"

低语的细草

"确实，人们本来就应该是一张持久保持洁白的纸，在上面可以写任何东西。但是，实际上，世人很快就变成了带横道的、带格子的练习本，甚至，变成了故事书。"

——安杰伊·波布考夫斯基，《战争时与和平时》[49]，1940 年 8 月 27 日

　　瓦尔特·本雅明犹豫不决：是该离开法国，还是该留下？1940年1月初，他的前妻朵拉途经巴黎时，恳求他跟她一起去英国。他拒绝了。

　　不过，他还是接触了美国领事馆，以求获得一个紧急的例外签证。他们发给他一张表格，请他回答相关的问题，其中的第十四个问题是："您是否是某一宗教信仰的使者，或者是某一中学、神学院、高等学校或者大学的教师？"

　　在 1939 年冬天和 1940 年春天之间，他撰写了他《关于历史的概念》[50] 的十八段文章。他在文中讲述了 1830 年"七月革命"的第一天晚上发生的那个插曲：那时候，在巴黎的不同地点，在同一时刻，一些起义者不约而同地朝挂钟开枪，"以求让时间停住"。

　　在把这些论文寄给葛蕾戴尔时，他承认："战争以及导致战争的光彩夺目的星座，引导我写下了我的一些想法，我可以说，我一直把它们紧紧封闭着，是的，整整二十年期间就那么封闭在我的面前。……现在，我把它们交给你，它们是我在沉思冥想的漫步中采集到的，就像是一束主题，一捆轻声低语的细草。"

他知道这些文字具有高度实验性的特点，令他猜测那些关于回忆和遗忘的问题还会久久地困扰他。但是，没有任何什么会比发表它们的念头对他更为陌异的了，因为"它们为热情的暧昧打开大门"。接着，他用这样的词语结束了他的信件：

我们应该把自己最好的部分放入信中，因为，没有什么迹象表明我们的重逢即将来临。

你的走向老年的老朋友

戴特莱夫 [51]

本雅明是个十分警惕的反对进步的人。他观察着进步，就如人们可能会观察《启示录》中的骑士在旧世界的疆域上来势汹汹地盲目冲锋，席卷一切，掠夺一切，它的风俗习惯，它的万千气象，它的灵魂。这时候，一座座带有玻璃窗的钢铁与水泥的大教堂耸立了起来。一辆辆烧汽油的汽车隆隆吼叫。

现代化的喧闹不已的展示折磨着他，令他担忧。他变得忧伤，知道将不会有可能再向后转，因为，技术力量的狂热、科学与政治的近亲婚姻正在摧毁着并将继续摧毁一切，直到荡尽以往生活的所有角落。

因为被判定为不适合服兵役，他就用不着在第一次世界大战的战壕中参战。他虽然对人类灾难的广度没能好好衡量，或者只是远远地估算，但也见证了人文景观与被毁城市的重建，因此，也算是见证了城市的现代化过程。战争被强调进步的独裁力量用来充当借口。随着自来水与电力而来的，是和平，是消费者的驯化。舒适的生活召唤着一种前所未有的行政治理。如果说，进步的先锋是资本主义者，那么最积极的理论空谈者就是法西斯主义者。除了要求给所有人以物质利益之外，这些人还召唤着速度，那就是新社会的同义词。而速度则不可避免地变成了真实民主的敌人。这就是说，整个的现代制度从其自身的方式而言是专制暴政式的：必须快快地行动，而且总是越来越快。纳粹德国发明了闪电战，而公民社会就将成功地模仿他们。世界贸易将会采取相应的办法：转瞬即逝的信息，即时的交流。凡是已经出现的一切，都应该尽快地消失。即时性成了宗教形象。

随着工业革命的到来，人们向缓慢——此外，甚至还有闲逛——发起了战争。本雅明注意到，在1840年前后，那些在巴黎拱廊街闲逛的人，会带着一只乌龟散步，就以这种动物的速度缓慢地行走。他由此嘲讽现在的人，他为进步没有放慢脚步而感到遗憾。但是，闲逛者是社会的消极的敌人：他四处转悠，观望商品，却并不消费。

就在一句话、一段高谈阔论的拐弯处，本雅明看清了即将来到的不幸。大众的盲目程度远远出乎他的预料，正如它远远超出几乎所有人的预计。面对着种种事件的加速，他似乎有些犹豫，越来越表现出像个宿命论者。他是不是相信一个有利的结局，一种意识的觉醒？这可很难说。

　　无论如何，夹钳在日益收紧。八个月以来，盟国的军队，法国的，英国的，比利时的，全都聚集在马奇诺防线的后面，等待着德国人的进攻，而德国人则蜷缩在齐格菲防线的后面。

　　1940年5月10日。希特勒终于让德国人称之为"坐着的战争"的这一场"奇怪战争"宣告终结。德国国防军以一场闪电战入侵了荷兰、比利时和法国。

　　在巴黎，警察开始了大规模的搜捕。每个人都必须随身带上身份证，甚至连法国人也不例外。

安杰伊·波布考夫斯基在日记中记载了这样一件小事：

　　劳动部的大门前，沃日拉街的草地上，有两个警察在走来走去，一会儿俯下身去，一会儿又挺起身来，走上几步，然后，又俯下身去。

　　"是的，先生，我们在寻找长了四片叶子的三叶草。您想要一棵吗？"

　　说着，其中的一位警察微笑着朝我递过来一个四片叶子的漂亮样本，我便接过来，并把它夹在了我的笔记本中。我也朝他微微一笑。在巴士底狱被攻下的那一天，法国国王路易十六在他的日记本上这样写道："今日无事。"

　　6月4日。德国人在法国首都及其周围地带投下了一千零八十四颗炸弹。据统计，共造成九百人受害，其中二百五十人死亡。

　　"除此之外，就没有什么可说的了，"波布考夫斯基指出，"天气好得出奇，简直就像热带地区。"

　　6月7日。他继续记载："巴黎很平静；没有丝毫紧张的痕迹。人们只是时不时地看到有满载了行李的车辆经过，车顶上还绑有床垫。人们尽可能地撤离。我感觉，种种历史事件就在我的手指头底下匆匆跑过。它们以一种如此紧凑的节奏彼此连接，都显得不太真实了。我像平常那样工作，我在咖啡馆喝清凉的啤酒，我读报，我实在很难相信，德国人离巴黎已经只有短短一百二十公里的距离了。我等待事件的后续。总而言之，这是一个有趣的时代，肯定是。"

　　6月10日。"这是大疏散。内务部昨天夜里已经撤离了巴黎。所有人都走了。
在整整一个骚乱的白昼之上，在人群的嘀咕声之上，在整个的城市之上，笼罩着
的与其说是一种威胁，还不如说是一种彻底的、绝对的忧伤气氛。这是终结。"

　　6月11日。"那只是一些行李箱、大箱子、床垫、小推车、自行车、笼子里的金丝雀，穷苦人家的所有财产，他们认定有责任全部随身带走。而为了运输这一切，就得有格列佛游历过的国度中的火车。……在蒙帕纳斯火车站，有一个老妇人在月台上死去。她就躺在一辆行李车上，脸上盖了一方手帕。一片黑黑的迷雾飘荡在巴黎的上空。有人说，德国军队施放了人造迷雾以求在巴黎的西部度过塞纳河。他们继续挺进，并包围了巴黎城。"

诗人本雅明·丰达纳[52]见证了这一切：

车辆被抛弃

在沟壑中——哦！丝绸的

衬衫，短裤，还有

相册，带着全家福照片。

人们把一切都摊在路上

众目睽睽——他们的生活，童年，

他们的药片以及情书。

女人们为我们带来喝的

——你们去哪里，法兰西的士兵

——哦，我们前去军营

——还有一些要去德国

另外一些会去天国 / 到最后将什么都不再是

只是唯一的一个巨大的人 / 静静躺在一个荒岛上熟睡

兴许就在睡梦中逃逸着 / 一个巨大的噩梦

    尽管他的居住和生活条件极其简陋，尽管空袭警报总是在刺激着他的神经，本雅明还是一直待在巴黎，直到 6 月 14 日德国国防军的到来。直到最后那一刻，15 日，他才撤离巴黎，乘坐最后几班列车中的一班前往卢尔德，行李中包括两个大行李箱，一个防毒面罩，一些洗漱用品，一些手稿，一些文本的复制件，另外还有保尔·克利的绘画《新天使》[53]，他把绘画从画框中拆了下来——这幅画后来来到了美国，而台奥多尔·阿多诺又在战后把它带去了法兰克福，后来把它交给了肖勒姆，按照 1932 年本雅明在某一次企图自杀之前写下的遗嘱，肖勒姆是这幅画的法定继承者。

本雅明在其《关于历史的概念》中描写了这一幅绘画，但是，他写得有些古怪，人们恐怕会以为，他是在说另外的一幅画呢："这幅画再现了一个天使，他似乎正要离开他的目光一直就在注视着的某一东西。他的眼睛还在眨，他的嘴张开，他的双翅已经展开。历史的天使应该很像他。他的脸转向了过去。"

然而，天使是纹丝不动的。它的翅膀实在过于瘦小，无法允许他飞翔。他的脸也没有转向过去，而显然在转向现在。他斜着眼，一脸焦虑的，几乎有些恐惧的神态。

他张开的嘴表达了畏惧。他说出了一个词吗？至少他是在叫喊，假如必须为这一形象补充一个解释，那么，我会说这是一个现在的天使，跟本雅明说的正好相反，羸弱而又困惑。他并没有把背转向未来，而是转向着过去，一种跟绘画布景同样空洞的过去。

天使是孤独而又迷惘的，一动不动地待在被称为现时的悬置的时间中，他既不能眺望天空，也不能眺望大地：因为既没有天空，也没有大地。

6月17日。贝当被任命为政府总理。他签署了停战协定。

停战协定的第十九条规定："法国政府保证释放德国政府能指名道姓地说出在法国境内的所有德国人，包括在法国属地、殖民地、领地与保护地上的德国人。法国政府保证阻止把德国战俘以及平民囚禁者转移到法国的属地和其他国家去。"

莱奥托预言道："通过阅读旧报纸，我们得知，战争将会是很艰难的。实际上，战争并不曾艰难。艰难的将是和平。"

而波布考夫斯基则指出："（法国人）往往会为日常生活的琐事争论上好几个钟头，对他们来说，这些事是唯一真正具有重要性的问题。今天，您喜爱他们，到明天，您将憎恨他们，而后天，他们又将重新诱惑您，以他们的华而不实，以他们的轻而易举，而他们就这样轻易地谈论你们所认定的问题。他们有本事把灵魂也物质化，或许正是这一本事构成了他们自己的灵魂。"

"他们令我担忧，他们使我不得不去思考，阻碍我说一些陈词滥调就拍拍屁股走人，因为这些话就在我的嘴边，随时就会吐出来。我很想藐视他们，但是我不能够。我难道没有这个权利吗？法兰西难道就是一种宗教吗？"

接着，他又说："人们已经剥夺了法国人最在意的东西：议会的杂乱。这并不严重，他们甚至还会更加依恋它……但是，现在，别人还在剥夺他们的另一个东西，构成他们生存基本目标的东西：食物。食物供应开始严格遵守配给卡的标准，新鲜面包的买卖被禁止。"

本雅明把他的手稿和信件都留在了他自己的巴黎寓所中——它们后来被盖世太保统统拿走，再后来被留存在东柏林的科学院的档案室中。至于他正在写作的《巴黎拱廊街》一书，他把它交给了乔治·巴塔耶[54]。它将被保存在国家图书馆。

尽管他再三坚持，美国领事馆还是拒绝给他办理入境签证。研究所试图邀请本雅明作为讲座人访问哈瓦那大学，还试图让他通过圣多明各进入美国。但都没能成功。

　　6月14日。在巴黎，小说家恩斯特·魏斯[55]在他的旅馆房间中，先是吞下了毒药，然后切断了自己的静脉。

　　6月21日。被关在米尔羁押营中的戏剧家瓦尔特·哈森克莱弗[56]在夜里服用了大量的巴比妥自杀。

    7月3日。作家、历史学家卡尔·爱因斯坦[57]从法国与西班牙边境的一座桥上跳下自尽。

    9月18日。驶往加拿大的客轮"贝拿勒斯号"[58]遭到德国一艘潜水艇的袭击。船上两百四十八个乘客失踪，其中包括记者鲁道夫·奥尔登[59]——他是极具争议的"以生活风格与情色为主调的周刊"《他和她》的创办者。

8月26日。波布考夫斯基写道：

"我认识了一个年轻的西班牙人。他对我讲述说，法国人善于表现出一种愚蠢的残忍。他自己很长一段时间里被囚禁在阿热莱斯营地：那是一个四周围有铁丝网、人们像羊群一样被圈在里头的营地。夜间很冷的时候，宪警禁止他们生火取暖。于是，被囚禁者便偷偷地在地下挖洞，躲在里头稍稍暖和一点。那些被抓到明显违规的人会被关进狭小的铁丝笼子里，在里头根本无法躺下，也无法以舒服的姿势坐下。他们只得站立着，顶风冒雨。他们自己也建造了一些木板棚；那些最年轻的、最有力的，则会被带到村子里或者大镇上，人们让他们在广场上排好队，农民们过来在他们中挑选劳动力。他们就站在那里，直挺挺的，农民就走过来捏他们的胳膊和腿肚子，按照这些'商品'的不同质量，挑选或是啧啧称奇，或是做做鬼脸。"

在卢尔德，本雅明又见到了他的妹妹朵拉，发现她的健康状况堪忧。她刚刚从下比利牛斯地区的居尔营地[60]中被放出来，那是一个专门关押女人的营地。那个时候，汉娜·阿伦特依然还关押在里头。她直到7月底才逃离那里。

本雅明因居民们的好心而深受感动。但他还是想尽快地离开这里，前往马赛，好再跟美国领事馆打交道。只不过，要想离开卢尔德，他必须先获得许可，而这一许可只有在美国领事馆提供一份"邀请信"的情况下才能发给他。

在一封致汉娜·阿伦特的信中，他引用了拉罗什富科[61]谈到雷兹枢机主教[62]时说的一句话："多年里，他的懒惰已支撑了他在一种动荡而又隐晦的黑暗生活中走向荣耀。"

在8月中旬，为避免在德国人的大搜捕中被抓，他偷偷地离开了卢尔德，成功地来到了马赛，其间没有遇到任何障碍。

最后之最后 [63]

"发狂何其爽快。"

——费迪南多·加利亚尼 [64]，人称"加利亚尼教士"

马赛，2014年2月26日。一家寒酸的旅馆。前台的姑娘几乎有些感到不好意思。我从她手中接过的不是一把钥匙，而是一个密码。一张床，一张小桌子，一个电视机。夜幕降临。我出门去。年轻人都穿着厚厚的运动衫，带有风帽的套头衫，脚上是光彩夺目的运动鞋，就躺在椅子上。他们瞪大眼睛，看那些姑娘，她们身穿紧身衣，却紧在那些不该紧的地方：肥硕的髋部，下沉的臀部。而她们的乳房，就像是为了报复其余的一切，在胸罩中几乎快要爆炸开来。世界相当广阔，让每个人都能感觉到自己的不幸。

1941年，成千上万的马赛人涌上街头，向贝当喝彩。恰如法国各地那样。

在一片苍茫的暮色中，三辆垃圾卡车沿街收集垃圾。

我第一次来到马赛，是在1975年的12月，我点了一份焖肉，端上来的却是一份有臭味的焖肉。青筋暴涨的肉，黏稠的肉汁，哈喇味。我两手抓起菜盘，把它反扣在桌布上。我站起身来，一句话都不说，在老板以及几个嘴巴紧紧粘在茴香酒上的顾客疑惑不解的目光下，走过无限长的吧台，一直走向店门。反抗者的英雄主义，无赖的无意识。

但是，今天晚上，我选择了一份普罗旺斯鱼汤，意想不到的可憎可恶的惊喜：一份臭的带有凝块的汤，几乎需要嚼碎来吃，一种橙黄色的闪闪发亮的蛋黄酱，那上面结着一层不成形状的焦皮，满是皱褶，还有加热过的白薯——就像是皱纹重重的鱼那样，肉质粗糙得能刮伤软腭——还有几个生了病似的贻贝，在生菜沙拉中打着哈欠，最后，作为装点，是两只已经死了太久的小小的蟹。老板本人简直就是一个大腹便便的带玻璃镜的大衣柜，一双眼睛鼓出来，里头有有轨电车驶过，见我苦着脸，便问我有什么东西不对劲。我慢慢地站起身来，对他说："一切，一切都不对劲。"

做普罗旺斯鱼汤是一门艺术。从来就不需要蛋黄酱：这种杂烩汤的成分有熟土豆，在带骨的鱼汤中煮熟，然后跟鲉鱼的肝一起捣烂，再调以橄榄油、鸡蛋黄、大蒜，最后还不能忘记添加尖辣椒。

很晚了。我也饿了。我前往篮筐街区的尽头那一边。我多少也熟悉那一家外表形状像岩洞的小酒馆，其风格半为大众化，半为旅游化。它的音响连续不断地吐出一种七八十年代的法国综艺节目。不是盎格鲁－撒克逊的音乐。不是说唱乐。是一些老法兰西歌谣，矫揉造作的，熟悉可亲的。一个朝气蓬勃的青年，比我年长不了多少，或者比我年轻不了多少，但属于一种过快枯萎的青春，就坐在我边上的桌子前。他有一个鼓鼓的将军肚，脑门秃得发亮，眼神中依然还透着一种天真。他用手指头敲击着纸质桌布，轻声哼着喇叭中传来的歌曲。他开口冲我打招呼：

"你喜欢塞尔日·拉玛[65]吗？"

"我们就这样彼此以你相称吗？"

"为什么不呢？"

他号叫着唱道："我——有——病！"老板也跟他一起唱，而且唱得比他还更响。然后，则是法兰丝·加尔[66]的歌了。他们安静了下来。

"我叫钱拉。你呢？"

"弗雷德里克。"

"真牛，弗雷德里克。钱拉嘛，就有点儿俗气了[67]。"

"没错。"

"去你的吧！我说，你是干什么的，弗雷—德—里克？"

"我是画家。但我向你担保：我不涂颜色。"

"啊？"

"我把世界看成画。这对我就够了。"

"你很像是一个很快就要被人割断喉咙的俄国苦役犯。"

"而你，钱拉先生，你是做什么的？公务员吗？商人吗？"

"猜错了。我在码头上工作。"

"应该说，是在码头中。"

"不，是在码头上。我是提供后勤支持工作的。"

"你让我开眼了。"

"我向你起誓，我是在码头上忙生意的。在整个地中海，马赛、热那亚、贝鲁特……"

假如我们回来时不那么富

那又能怎么样呢?

再说,谁又会变得更富?

那就不关我们什么事了……

"这一首,不是米歇尔·萨尔杜[68]的歌吗?"

"正是他的,我很喜欢。"

"瞧你的样子,并不太穷啊,钱拉。我没有看错吧?"

"我仇视穷人。"

"你是搞政治的吗?"

"政治,这跟我没有关系。"

"你在开玩笑吧?"

"政治,它实在很难搞。说不定哪一天你就完蛋了。"

"你让我好开心。"

"我更喜欢经商。"

"但是,搞政治,也是一种经商,不是吗?"

"两者一点儿都不搭界的。你看,我吧,要想搞钱,我并不需要在电视上露面,那些政治家,都是些该死的家伙。而且,首先,政治,它不是一个职业。"

"那码头上的后勤支持保障,是一个职业喽?"

"那么,不——动——笔——的画家,又算是什么呢?"

"怀疑可算是最艰难的职业。"

"这倒是没错。我从来就没有想到过一种这样傻的傻事!弗雷——德——里克,我不认识你,但我很喜欢你。"

"你会幻灭的。"

"假如你是个女人的话,那我可就更喜欢啦。"

"'它在跑,它在跑,爱——情——的——毛——病啊……'你可知道,我已经是一个当祖父的人了吗?而且是双倍的祖父。我有两个孙子啦。"

"你就别开玩笑啦,你自己还是个孩子呢。无论如何……"

"我当上祖父了。"

"你真让我感到好笑，小爷爷！"

"在一个小孙子的目光中，有着那么多的温柔……在你的脑袋瓜里，产生了一场地震。你有孩子吗，钱拉？"

钱拉没有孩子。他没有父母，也没有兄弟姐妹。他寻找着一个女人。而找到的只有忧伤的历险，没有未来。他的后勤支持的工作迫使他需要在各个港口不时地小住一段时间。于是，他就去找妓女。但是，他憎恶妓女，也憎恶在一个妓女肚子里的自己。

"你多大岁数了，钱拉？"

"四十五岁了。"

"你还是个年轻人。"

"你给我滚蛋！"

我们点了漂浮岛[69]，这种儿童喜爱的甜品很甜，很软，很富有诗意：像一座小岛迷失在它的英式奶油中。我观察着钱拉，他正啃着雪花一般的蛋白霜，还美滋滋地舔着奶油。

他是个傻瓜，这钱拉，就像千万个男人一样，被自身的确信迷了眼，被他可悲的情感毁了。他那令人不可思议的工作让他变得恬不知耻，但是他却承受不了犬儒主义。他被死死地缠在他恶性循环的木屑中。他完全可能对自己犯下无法弥补的错。出于幻灭。出于疲惫。出于软弱。

夜晚才刚刚开始。我们溜进了一家酒吧。他把一只手搭在我的肩膀上，像是一个好哥们。这天晚上，在渐渐变深的夜色中，我们就是两个好哥们。

"一个不画画的画家，就相当于一个什么东西都不卖的售货员。"

"听我说，钱拉，我向你发誓，我看你就如同看到一幅画，你很美，从你身上散发出的种种色彩就像是世界上最美的绘画。这样的一幅画，还有什么必要非把它画出来呢？你想喝点儿什么？"

酒吧打烊。我们被彬彬有礼却又坚定不移地请出了门。我们就下到了港口。钱拉对我谈起了他的政治想法。他憎恶政客阶层。国民阵线[70]令他不寒而栗。他不是种族主义者，但是——

"假如你掌了权，钱拉，你兴许会比所有人都更糟。"

"正是这一点，才让我感到恶心。我讨厌我自己。你明白吗，混蛋？"

"稍稍呼吸一下来自大洋的空气。太阳快要升起来了。又是新的一天。

一种新的生活。"

"我之所以喜欢跟你待在一起，我可爱的小画家，是因为你很有人味儿。你是第一个好好跟我说话的人类。"

"不要这样抬举我。你比我更有人味儿，钱拉。因为你受苦受得更多。你哭泣。你号叫。你还可能会朝自己开枪，来上一下，这样，跳到水里头，好让整个人类明白，真的不值得就那样活着……"

"人类，什么都不是。我呸！宇宙万物中的几只小小苍蝇而已。"

"你说得对，钱拉。我们这就去等着太阳升起。我们这就去喝上一杯茴香酒，好好地'联络一下'。"

"但是，混蛋，我还有活儿要干呢，我，今天上午。我必须提供支持，真是见鬼啦！"

"多一点少一点后勤支持，没什么太要紧的吧。"

"别坏我的事，我得挣钱活命，我。钱！你知道什么是钱吗，笨蛋？"

"你这王八蛋，钱拉，我才不管你挣钱不挣钱呢。滚蛋吧，你的钱。花钱去为你自己寻欢作乐吧，买汽车吧，一座别墅！花钱去为你自己买一个满是你自己形象的世界吧！你期待的不是别的，就是这个啦：买个空无，永远只是空无！你根本就不配拥有真实的欲望，真正归于你的，真正只属于你自己一个人的。但是，一切都已经属于你了，因为你一无所有！滚蛋吧，你，还有你的虚无！"

"你也一样，滚蛋吧，道学小先生。你相信最后的审判吗？我，我可熟悉这个。我每天都哭着，期待世界末日的来临。我将受到审判，遭到惩罚。我将承认关于我干了大蠢事的一切真相。你可别把我看错了：我知道我自己是什么人！我了解我自己虚空的广度。我是个傻瓜蛋，没错。但你得知道，我自己是知道这一切的。我这一丁点儿的清醒就不让我有片刻的歇息了：我怀疑得要命，我也因怀疑而几乎要了我的命。而金钱是唯一能让我忘记怀疑的东西。我挣得越多，怀疑就越少。这是一个完美的等式。关于我自己，你真没有什么可教我的，小画家！"

"你知道，钱拉，让我揪心的，是我所体验到的对你、还有对所有其他人的怜悯之情。你的不幸让我痛苦，我为我的自私自利而痛苦。你错失了一切，钱拉。当然啦，除了钱。你很差劲。你很无耻。你很软弱。但是在肚脐中心掩盖住你脸面的某种东西已经坍塌。假如我是基督，我就会对你说，你已经得到了救赎。但是，我更愿意成为反基督，来宣告你的毁灭。"

"你只是一个混蛋画家，但是，我并不抱怨你。我们可以聊天，我们就一直聊下去，我的朋友，但那都是扯淡！你是无辜的，我却是有罪的。这样不太漂亮，是吧？"

"当太阳升到天顶时，我们就会比昨天更靠近死亡。"

"瞧瞧！现在轮到可爱的小哲学家绝望了。他画不出来画还不够，他还想拖着他那刚刚认识才一夜的朋友对一切都心灰意懒：对政治，对女人，对消逝的时间。但是，我的好人儿啊，你真是一个混蛋！你滥用了一个像钱拉这样头脑简单的人，想把你的智慧浇灌给他！你还有什么话要补充吗？"

"你得承认：人们对于互相讲自己小小的故事有一种狂热的爱好。人们互相说到的一切，从你到我的，口口相传的，都是为了聊聊天。这造成痛苦，也带来好处。人们越是彼此憎恶，就越是彼此相爱。但是，我从心底里希望你彻底垮台，希望你跳窗跳楼。我愿你这一类的可怜虫从地球的表面快快消失，我愿你死在一个妓女的怀中。我愿永远都不会有一个孩子姓你的姓。我愿永远都不再遇上你这尖刻而又肮脏的小小法西斯分子的目光，你这个人不说出自己的姓名，却扮演着冠冕堂皇的抗议者角色，而实际上，你只梦想着一样东西：让所有人都做得像你一样，吃得像你一样，干得像你一样，想得像你一样。"

钱拉是今天的笨蛋。他却又很像是过去的笨蛋，像得让人难以辨清。我喜欢他孩童般的微笑，待在吧台前的一个角落，然后高声叫喊道："这是最后一杯了，我的朋友！而最后一杯就将是第一杯！让我们一直喝到世界的末日！"

我把我孙子的照片给他看。他哭了起来。他抱着我，在我额头上亲了一下，几乎就在我的脸上擤着鼻涕，结结巴巴地说着"祖父，祖父……"。在这个凌晨的酒吧中，有一台收音机恰巧在播放：

> 假如你并不存在
> 告诉我，我又是为谁而存在……

"快别唱了，钱拉，不然我就宰了你，在你和你的同类宰了我之前。"

为我画出仁慈的上帝

　　1885 年 10 月 30 日。埃兹拉·庞德诞生在爱达荷州的一个小城镇海利。这个矿镇上有两千居民，有一条土夯的大街，人行道是用木板铺成的，有一家旅馆，四十七家酒吧。他的母亲叫伊莎贝尔·韦斯顿，他的父亲名叫何梅尔。在庞德一家中，有兄弟姐妹艾利、艾泽齐尔、艾利法莱、贝斯萨贝。埃兹拉这个名字是受到了先知以斯拉[71]之名的启发。

　　他的祖父跟当地的一位银行行长用诗句通信。他的祖母、兄弟也都用诗体来写信。这在家庭中似乎是再自然不过的事情。

　　当埃兹拉四岁时，庞德一家移居到了费城。

　　他父亲是造币局的检测鉴定员，善于计算矿石中的黄金含量。有时候，他在工作中会带上儿子，让儿子知道什么是称重、精炼等精密的操作。

　　随着加利福尼亚州和阿拉斯加州淘金热的兴起，一些诈骗者开始在"金砖"铸造上大做手脚，比如在铅条的表面涂上薄薄的一层黄金来骗人。他父亲负责接待一群群的受骗上当者，他们往往是带着装满了假金砖的口袋来的。

　　十岁时，埃兹拉进入了贵格会的学校读书。同学们都管他叫"教授"，因为他戴着眼镜，说话时就爱使用由多音节构成的很复杂的词。他最初引人注目的文字作品是一些写给圣诞老人的信，用打字机打出来的。随后，还有一些写成韵文的文本，送给他的邻居们。

　　他学击剑，他下象棋，他陪同他的父亲前往长老会的教堂。他的父亲严格遵守长老会的戒律。有一个人尤其得到了埃兹拉的赞赏：他就是牧师。

　　十二岁时，他跟随他母亲和姨妈一起游历了欧洲，去了意大利的威尼斯。这次旅行给他的一生打下了深刻的烙印。

　　十五岁时，进入大学之前，他曾高声叫喊道："我要写作，在我死去前，我要写下前所未有的最伟大诗篇！"

　　他的一个教授还保留着对这样一个渴望得到承认的孩子的记忆。为了引人注目，他故意穿了一双鲜红的袜子。他的老师和同学都憎恶他，因为他举止粗鲁，行为怪僻。他脾气暴躁，动辄发怒。但是，他掩藏着一种爱激动的天性，竭力表现出一种高度的敏感性。有一天，在读一首诗的时候遭到了同学的嘲笑，他突然就痛哭起来。

他居于首位的性格特征，是他那不可动摇的乐观主义，对自己以及对命运的信任。他已表现出自大狂的一些症状。

在他二十二岁时，我们可以看到他一天的工作计划如下：起床后上西班牙语课，早餐后上普罗旺斯语课，中午是拉丁语课，傍晚是法语课，晚餐后是意大利语课。他的娱乐活动：国际象棋、滑雪、滑冰、每天十五公里的步行。

在大学里，他扮演了疯子的角色，或是出于心计，或为引人注目。这就是他嘲笑社会习俗的方式。在他看来，大学之所以存在，只是为了"让庸常和愚蠢永远持续下去"。

　　尽管隐藏在一个怪诞的面具后面，他却并不缺少机会来表达他辛辣的嘲讽和敏锐的判断。但是，他也因此遭受拒斥，甚至遭受猛烈的敌对行动。

　　在那个时代，庞德很愿意把自己看作一个"天才"，他也喜欢这样提醒人家。他表现得就像是一长串诗人之链上的最后一环，当他贪婪地吸收他们的经验教训时，他声称，这些人正是通过他写的诗歌而走向他的。因此，他青春时代的不少作品都带有模仿的痕迹。

　　由于他培养了一种稍稍过于"拉丁区"类型的思想，他被克劳福德维尔学院劝退学。浸礼会和长老会人士指责他迷恋上了唱诗班的一个年轻姑娘。从此，他对大学精神的排斥就越发有增无减。至于新教教会，他基本上把它看作幸福与文化的敌人。

　　1908 年 2 月，埃兹拉·庞德独自登上一艘满载牲畜的货船，起程前往欧洲。4月到达直布罗陀，他去了犹太会堂，联系上一个犹太人，后者主动为他提供了帮助，为他找到了一个住所，并鼓励他从事导游职业。

　　后来，年轻的美国诗人康拉德·艾肯[72] 给他起了一个外号，称他为"拉比·本·埃兹拉"。

　　4月底，庞德重返威尼斯，早在十年前，他就已经熟悉了这个城市。他住在一个面包店的楼上，就在多尔索杜罗区[73]，然后，又搬到离一个贡多拉修补工场不远的地方，在圣特洛瓦索一带。

　　三个月后，他花完了所有的钱，出发前去伦敦。在伦敦，他辗转于一个个肮脏的膳宿公寓。他忍饥挨饿，衣不御寒，缺少光照，他的视力在照明不足的房间里变弱。

　　在伦敦，他遇到了文学评论家亨利·纽博特[74]。正是通过此人，他明白了未来的诗歌不应该表达激动的情感而应该表达感觉。后来，庞德把他形容为一个"硬壳的虱子"，指责他是"僵尸语言的保卫者"。

  1914 年 4 月 24 日。他跟多萝西·莎士比亚[75]结了婚。一个名叫玛格丽特·克拉文斯的年轻姑娘暗恋着他,听说他跟多萝西订婚之后,就自杀了。庞德知道此事后深感震撼。

  多萝西在她的私人日记里这样写道:"埃兹拉!他有一张英俊而又美妙的脸,双眼上方是高高的额头;一个微妙的长鼻子,小小的鼻孔颜色发红;一张怪怪的嘴,从不休息,无法捉摸;一个方方的下巴,正中央稍稍凹进去——整张脸是苍白的,眼睛是浅蓝色的;头发是褐色的,微微偏于浅金色,卷成柔和的小波浪。手很大,手指头细长优雅,指甲很厚。"

　　他对自己的看法则有所保留："照片中的我没有现实中的我英俊……就我的脸
而言，真正的大悲剧，则是各种表情的游戏。"

　　这对夫妇靠多萝西的收入生活：整整一大皮夹子的股票，胜牌机油、高露洁 -
棕榄、吉列安全刮胡刀、柯提斯出版社、萨瓦广场公司，等等。

　　分析她丈夫的星座时，多萝西这样指出："您有一颗宽大的心——过于宽大。
很有艺术家气质。对色彩很有天赋。很敏感——超级的敏感。对您生活中一个很
大的转折点的敏感……你会结两次婚，并会有两个孩子。您将生活在国外。"

在常去大英博物馆茶室的那些老姑娘中间，庞德发起了一个运动，意象派运动，共同参与者有理查德·阿尔丁顿、希尔达·杜利特尔、F. S. 弗林特、约瑟夫·坎贝尔、帕德雷克·哥伦、欧内斯特·里斯以及女演员佛萝兰丝·法尔[76]。他们在一起，尝试着革新英国的诗歌。他们实验创作自由体诗，从外国语言中汲取灵感，质疑传统的节奏模式，以及过于装饰化的诗意形象。他们用种种具体的感觉、种种可触摸并可观察的现实，来替代激动情绪的展示。

"从 1890 年以来在英国流行的诗歌写作，是一堆可怕的臭狗屎，说不上有什么形式，而且常常还是半生不熟，整个是一种连奏，是出自济慈和华兹华斯[77]的第三只手的一种黏糊糊的大杂烩，还有鬼才知道的什么玩意儿，有着伊丽莎白式音质的第四只手，模糊迟钝，半化不化，充满了凝块。"

对于庞德，诗歌应该是"严厉的、直接的、自由地摆脱任何滑溜溜的易感性"。它绝不应该趋向于抽象化。它应该求助于一种具体的、本能的视觉语言，能够好好地表达几乎"躯体性"的感觉。他常常混用日本俳句跟希腊罗马讽刺短诗的写法。

1913 年，通过叶芝的中介，庞德发现了一首叫"我听到一支军队冲在这片土地上"的诗，是一个叫詹姆斯·乔伊斯的人写的。他立即给他写了信，提议把这首诗刊行在他编的诗歌集《意象派》上。这是一段密切关系的开头，将会让乔伊斯说出这样的话："如果没有庞德，我很有可能依然还是一个和被他发现时——假如那算得上是一种发现的话——一样默默无闻的辛苦的人。"

几个月之后，乔伊斯给他寄来了小说《一个青年艺术家的画像》的最开头几页。庞德当即就被征服了。他把这部小说的作者形容成最好的当代作家之一，并宣称自己"准备好了拿（他自己所有的）一切来打赌，赌这部小说将名垂文学史册"。

即便他拿着他的那根白藤手杖，像一个跳舞人那样闲逛，庞德还是显得很紧张、神经质、突兀。他在英国人中间从来就没有完全放松过，而那些英国人也都时时地提防着他。

D. H. 劳伦斯[78] 觉得他"矫揉造作"。

埃德蒙·戈斯[79] 把他当作"骗子",当作"滑稽可笑的美国江湖郎中"。如果说,他的写作很富有音乐性,那么,他唱起歌来却是五音不全,"人们听了恐怕会以为那是一架坏了的留声机"。

很快地,在他的诗歌中,他抛弃了经典的英语,而选择了一种更为特殊的美国语言。

在这同一时期,1913 年年末,温德姆·刘易斯创建了瑞贝尔艺术中心,它就位于伦敦的大奥蒙德街。

庞德在瑞贝尔艺术中心所做的讲座中,建议用这样的一个术语来描绘新的艺术家们的灵感:漩涡主义。漩涡主义向表现主义、立体主义以及菲利波·托马索·马里内蒂和翁贝托·薄乔尼[80] 的未来主义借鉴了很多东西。

漩涡主义发动起新的力量,主动地不求理性,它代表的是分裂、错位、无政府。这是一种混杂有绘画、雕塑、写作等形式的尝试,诞生自战前年代的普遍焦虑情绪,它渴望名声,但缺乏任何明确的纲领。

漩涡主义最初发表的文字作品,是由刘易斯和庞德构思的其形式为一本名叫《风暴》(Blast)的手册。《风暴》的心理学机制可以简化为以下这句话:艺术是原始的,现代艺术家则是一个野蛮人。

庞德、叶芝、刘易斯和约翰·奎因[81] 都是19世纪极端保守主义的信徒。他们为此呼吁开明的专制王权,严密地控制经济。他们蔑视民主,在他们眼中,民主是摧毁真正文化基础的罪魁祸首。他们并不害怕公开表达他们的种族主义和反犹主义倾向。

1914 年 8 月 4 日。英国加入了反对德国的战争。庞德仇视战争。在他看来,"战争带来的真正问题,是它不给任何人有机会杀死本该杀死的人"。

然而,他还是尝试参加英国军队,但没能成功。至于遭拒绝的原因,人们就不得而知了。G. S. 弗雷泽[82] 后来是这样说到他的:"没有任何非战斗人员曾以更动人的方式写过被第一次世界大战所浪费的生命与才华。"他的仇恨尤其针对武器贩子,以及所有那些从人的敌对行动中获取利益的人。

后来，在1929年的世界性经济危机以及随之而来的普遍大失业中，这一仇恨将覆盖到银行家和投机家身上，尤其是犹太人的身上。由此，开始产生了他恶毒的反犹主义，然而，他有时候却竭力为自己的反犹主义辩护，声称他的朋友中就有不少是犹太人。

在巴黎居住期间，他在塞纳河畔的一位旧书商那里发现了一本《奥德赛》的拉丁语译本，还有两本《伊利亚特》的译本。从1915年起，他就在着手创作一部长诗，叫《诗章》，一直持续写到1959年，即他不幸陷入抑郁症之前不久。他把它描写为像是"一首鸿篇巨制般的诗歌，有一个无法衡量的长度，它将占据我未来的整整四十年岁月，直到这一切成为一把大胡子"。

《诗章》的主人公们是尤利西斯、西吉斯蒙多·马拉泰斯塔[83]、托马斯·杰弗逊[84]、约翰·亚当斯[85]。

有一个玩笑，庞德特别地喜欢，说的是：

"你在画什么呢，约翰尼？"

"我在画上帝。"

"但是，没有人知道他到底长得什么样。"

"等我画出来之后，人们也就知道了。"

人们能从保尔·莱奥托和埃兹拉·庞德之间看出一些平行的相似点来。这是两种无政府主义者，人们可以定义为右翼，或者极右翼。第一个，有时候对贝当元帅还是能理解的；第二个，则是墨索里尼的坚定拥护者。这两个人都看不起他们的同胞，他们的国家，说得更泛一点，看不起他们的同时代人。两个人是各自语言的革新者。两个人都是绝对真诚的，绝对忠诚于他们的政治偏向，甚至到了盲目的地步。两个人都是无可比拟的：他们都不模仿，只把自己当作自己，坚信自己从不亏欠任何人。他们很早就都选择了以整整一生写成的唯一一本书为其作品——除了一些短故事、小诗、随笔，以及持之以恒的书信来往。在莱奥托，这便是他的《文学日记》，而在庞德，则是他的《诗章》。两本书没有丝毫相似之处，除了一点，即它们经历了同一个时代，经历了两次世界大战、相继而来的和平，沉没在他们的那种语言中，为的是解构它，修补它。他们都以自己的方式全身心地投入建造一座不成比例的小屋，一座横卧在护城河上的堡垒，他们用的是千千万万个瞬间、插曲、观察、博学的阅读，是谩骂、厌恶、享乐、惊艳，就像是一种唯一的同时又是连续的呼吸：呼气——吸气——窒息。

说到厌恶，庞德这样宣称："这是一种极有价值的强烈情感。就我个人而言，我体验到一种强烈的渴望，要消除某些精神状态，以及它们的主角。即便是一个像艾略特[86]这样优秀的批评家，也会错把我的仇恨的表达当作一种幽默。"

莱奥托和庞德，两次不间断的雷击炸响在倒塌的天上，以其前所未有的方式，发出震耳的响声。

第一个抛弃了语言，把他所源自的象征主义以及它的温情脉脉、它的矫揉造作全都扔进了垃圾堆。

第二个摆脱了抒情主义，把感觉放在了第一位，原始、赤裸裸、活生生、平淡无奇、不带任何文饰的感觉：

> 黎明，我们醒来之际，消融在新鲜的绿色光明中；
> 草上的露水朦胧了行走的苍白脚踝。
> 啪啦，啪啦，呼呼，噗噗，在柔软的草地上……

但是庞德走得还要更远，他在他的牛仔语言中混杂了希腊语、拉丁语、奥克语、各种方言、汉语表意文字的碎片——以被他赞誉为"外围循环主义"的詹姆斯·乔伊斯及其《芬尼根守灵夜》为榜样。

他越是深入地创作他的《诗章》，就越是疑虑重重。人们指责其中过于像谜的一面，指责它缺乏建构，词汇怪诞。他自己也向约翰·奎因坦承，它们变得"太、太、太玄奥晦涩，难以为人类消受"。

但是，他也会说道："从来就没有过任何艺术要靠着看公众的眼色得到发展。让公众的眼色见鬼去吧。"

1917 年 3 月。庞德成了由简·希普[87]和玛格丽特·安德森[88]主编的《小评论》的外籍编辑。玛格丽特·安德森在编发一期刊物时，决定让一半的页码都空白，因为她觉得文章质量实在太差。

　　1917年年底，埃兹拉·庞德从乔伊斯那里收到了《尤利西斯》最开头几章的一份复写稿。庞德写信给他说："是的，乔伊斯先生，我相信您是一位出色的作家，这就是我的观点。我还相信，您的书并不那么叫人恶心。您可以相信我，我心里是很清楚的。"

　　庞德对待乔伊斯始终表现得慷慨大方——甚至不惜损害到自己的职业。他也将以同样的方式去帮助威廉·巴特勒·叶芝、T. S. 艾略特、欧内斯特·海明威以及其他人。

　　庞德计划写作他的自传。他想把它定名为《关于蠢事与傻话的梦》。

　　1920 年，庞德离开了伦敦，移居巴黎。他住在田园圣母院街甲 70 号的底层。他自己制作家具，把一些包装箱漆成紫色，做成一张矮桌，还有一张又长又窄的工作台，两把裹着帆布的白松木大扶手椅。早在他第一次小住巴黎期间，他就已经在国家图书馆开始做关于行吟诗人语言的研究工作了。他曾出发前往普罗旺斯。在那里，他每天都要步行走上十五到二十五公里，并撰写旅行笔记，而这些笔记，人们将会在《诗章》中找到。

　　对他而言，行走是一种表达以慢为美的儒家思想的方法。它同样也是一种排斥进步与速度的方式。

　　在田园圣母院街上，他遇识了费尔南·莱热[89]，他的工作室就在那里。他还遇识了文学界和艺术界的其他著名人物：特里斯丹·查拉、勒内·克雷维尔、路易·阿拉贡、康斯坦丁·布朗库西，以及让·科克托[90]——他还成了科克托的朋友。"科克托让人十分羡慕，落拓不羁的风雅和《新法兰西杂志》滋养了当时的整个文学上和精神上的腐败。而科克托则对附庸风雅的风气做了分析，所有的失败者围绕着他构成了一个圈子，心中充满了嫉妒。"

接下来的那一年，7月，他在《皮哈乌－提巴乌》（*Le Pilhaou-Thibaou*）即弗朗西斯·皮卡比亚[91]主编的杂志《391》的一个专号上，发表了八首诗。

> 在多年的禁欲之后
> 他跃入了一片有六个女人的大海……

在同一期刊物上，他在边角发出呐喊："这是什么巴黎啊？巴黎还是世界的中心吗？怎么啦？我来这里都三个月了，却还没有找到一个合适的情妇。"

几个月之后，他就爱上了奥尔嘉·卢奇，一个原籍俄亥俄州的二十六岁的年轻女小提琴手。庞德一直跟她生活在一起，直到去世，同时却并没有离开他的妻子，他以一种引人注目的潇洒态度，辗转在两个女人之间，尽管妻子多萝西对奥尔嘉怀有一种明显的敌意。

1922 年，他认识了欧内斯特·海明威，后者后来曾这样说："任何一个诞生在这个世纪或者上一世纪最后十年里的诗人，假如他很真诚地说，自己并没有受到庞德影响，或者没有从他的作品中学到很多东西，恐怕都会遭到世人的怜悯，甚至是指责。庞德写下的最好东西……将在文学史上永远留存下去。"

他承认，"关于怎么写作，或者怎么不写，我从庞德那里学到了很多东西，比从别的任何一个混蛋那里学到的更多"。

温德汉姆·刘易斯，他也肯定地说，庞德眼里"看"不到人，因为他辨别不清他们的卑劣方面，以及他们的混蛋本质。他不会注意到他朋友们的恶习，因为他只愿意看到他们的聪明。

然而，巴黎的那么多诗人与作家让他颇有些觉得讨厌。他无法放射出相当的光辉。竞争者实在太多。因此，他决定离开巴黎，前往意大利。

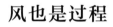

风也是过程

　　1924 年。庞德在意大利的利古里亚大区的一个海边小镇拉巴洛安顿了下来。他跟他的妻子多萝西分享一套海景公寓。而他的情妇奥尔嘉·卢奇则前来跟他会合，住在附近的一个小村圣安布罗乔。

　　奥尔嘉·卢奇怀了庞德的孩子。他们的女儿玛丽诞生于 1925 年 7 月。一年之后，多萝西也生下了一个男婴，取名为奥马尔。

　　如果说，在他看来，巴黎是欧洲的心脏，那么，拉巴洛就将是"世界的肚脐"。

　　在大街上，在咖啡馆，人们都叫他"诗人"。

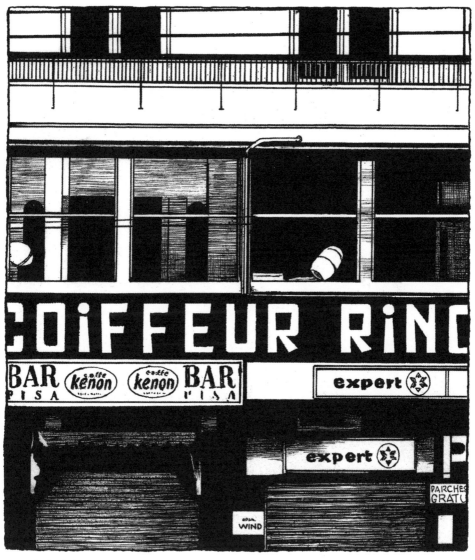

来庞德家拜访时，叶芝注意到，庞德喜欢喂养拉巴洛的野猫。一到夕阳西下，那些野猫就出来等他，知道他的口袋里总是装满了鸡骨头、小碎肉什么的。他对猫并不是真正喜爱。他之所以喂养它们，只因为它们是受压迫者，因为人们漠然地对待它们。庞德把自己跟它们相比。在他的批评家生涯中，他总是不会忘记去赞美那些独立无援的或者遭人诅咒、蔑视、遗忘的作家。

很早以前，庞德就对经济问题非常感兴趣，尤其是对高利贷的历史。在他看来，高利贷的历史可以一直追溯到公元前三千年，当时在巴比伦帝国流行的种子借贷法则。但是，第一次提到国家货币政策时间可以追溯到公元前1766年。为了减轻小麦歉收期间人民的苦难——苦难还因粮食专卖而持续——中国的一位皇帝便让人铸造了中间带有方孔的铜钱。他还把这些铜钱作为礼物送给饥饿的人民，让他们买得起麦子。但是，对于庞德，一件产品的固定价格只是一种幻象，一种会计学上的迷信。

灾难开始于1694年，当时英格兰银行刚刚建立。在他眼中，这个银行只是罪犯们的联合会。美国从1863年起就被卖给了罗斯柴尔德家族[92]，正是这个家族的人写信给伊凯尔海默公司的同行说："很少有人会钻进这一体系中去，而那些了解它的人则会参与其中，去尽情享受它；至于公众，他们兴许永远都不会明白，这一体系跟他们的利益是相违背的。"

大约在18世纪中期，殖民者们靠着对作为交换手段的纸币的谨慎使用，经历了某种繁荣。有一段时间，他们从英格兰银行的控制中摆脱了出来。但是，这仅仅只是一种短暂的喘息。布鲁克斯·亚当斯[93]记录道，"在滑铁卢战役之后，就再也没有任何强力能跟高利贷者的强力相抗衡"。

高利贷，这就是庞德的死敌。甚至连侦探小说都被发明出来，来掩盖高利贷这一罪孽——所有罪孽中最深重的罪孽。他喜欢提到但丁。后者在自己的作品中，把高利贷者与同性恋一起胡乱地扔进同一层地狱中，认定他们犯下了有悖天性的罪。

高利贷者发动了种种战争，目的只有一个，就是建立有利于他们的垄断权。通过挑起这些战争，高利贷者创造了新的债务，大大地捞了一把，赢得了很多利润。他们同样还享受了货币单位价值的大幅波动所带来的好处。新闻记者也竭力帮他们的忙。他们把大众维持在对高利贷政治制度的蒙昧无知之中。一场战争的真正原因在学校教科书中同样也是缺少的。经济的神秘始终被谨慎地保存下来。

庞德喜欢援引阿纳托尔·法朗士[94]的话，后者在其作品《企鹅岛》中这样解释战争的进程："我们杀死了三分之二的居民，来迫使剩下的人向我们购买雨伞与背带。"

在庞德看来，"人不再简化为一段消化道，而是简化为不断贬值的货币的一个储藏所"。

在受庞德影响的人当中，必须特别提一下克利福德·休·道格拉斯少校[95]。这位英国工程师预计资本主义很快就将崩溃，提出了一种被他称作"社会信贷"的新的经济体系。依他看来，当时占主导地位的经济体制明显无法确保社会财富的一种公平分配，而且永远只能赋予生产者一种低微的购买力。与其征税，政府倒不如给劳动者付红利，并给他们颁发信用证书：这就是所谓的"社会信贷"。由此，他们的购买能力只会增加，但是，印制纸币的银行家们却根本不考虑实际的生产情况，只是一味随着通胀或通缩的波动做出决定，而丝毫不受政府的任何控制。

在《经济学入门》一书中，庞德呼吁，必须通过实施每周二十五小时的工作制度，来减少由经济危机导致的失业。他还说，没有任何一个国家有权利来承担其界限超过订约人寿命的债务。

他还特地指出布鲁克斯·亚当斯在其《文明与衰退的法则》一书中的这段话："在经济竞争的时代，资本主义者与高利贷者在社会中占据了一个主导地位，而财富的生产者则落到了债务与奴役之中。"

再后来，庞德还宣称："确实正是在高利贷与高利贷政治的上升时期，文学被贬低到了美文的行列，它的实质被缩减为个体的挠痒痒。"

在奋力撰写他的通信、文章以及广播讲话稿之余，庞德常常去游泳、打网球，还定期去影院看电影。但他的内心并不平静。他坚信，华尔街派来的间谍就隐藏在附近的山坡上，他们正夜以继日地用望远镜窥伺着他。理由如下：他关于经济问题的那些革命思想，对企图统治全世界的那些银行家是严重威胁。

从 1931 年起，庞德开始按照法西斯的纪年为他写的信件注明日期，这种历法开始于 1922 年，那正是墨索里尼进军罗马的年份 [96]。

　　1933 年 1 月末。他坐火车前往罗马，在罗马，他将见到墨索里尼本人。他的理想，是中国圣人孔子，因为孔子体现为君王的理政之师，为政权服务的英明谋士。他赞赏他的贵族观点，即天性迷茫的愚氓大众必须由一位强硬的统治者来引导："小人之德草，草上之风必偃。"[97]

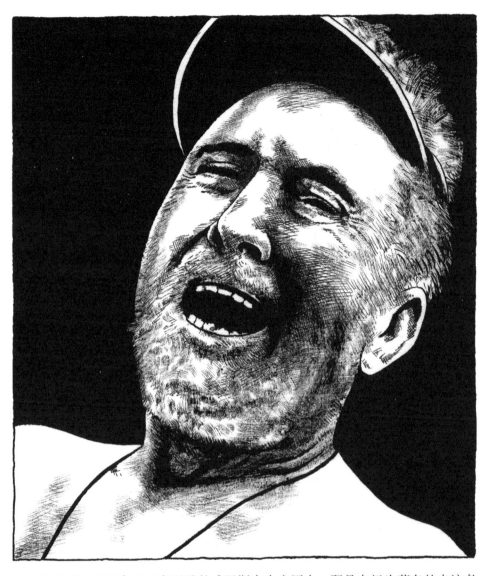

　　他被引入了墨索里尼在罗马的威尼斯宫大客厅中，那是专门为著名的来访者而保留的，就在领袖的办公桌上，庞德注意到有一本他的《诗章》。很快地，庞德就对墨索里尼简述了自己关于经济理论的十八点意见，但是墨索里尼干脆地打断了他。

　　在打发走他的来访者之前，墨索里尼随口对他说，他的《诗章》很"有趣"。庞德从中没有看到任何讥讽，相反，墨索里尼在他眼中显得充满了洞察力："这是一个天才，有一种对艺术的强烈爱好，必须欣赏他，就像欣赏一位艺术家那样。"

《诗章》的第四十一篇是这样开始的：

> "但是这个，"
>
> 老板对我说，"很有趣。"
>
> 还没等美学家来到，就全都明白了

当海明威批评墨索里尼时，庞德回答他："你是一个彻头彻尾的窝囊废！"海明威则反唇相讥："你从什么时候起成了经济学家，我的诗人啊？我上一次见到你时，你还大吹特吹巴松管，让我们烦得要命呢！"

  1934 年秋季。希特勒对意大利做了第一次正式访问。为了给希特勒留下深刻印象，墨索里尼让人在火车快到达罗马的那一段一公里长的铁路沿线建筑起了一长列假的现代住宅楼墙面。

  在 1934 年 7 月 18 日写给哈丽特·肖·韦弗[98] 的一封信中，乔伊斯这样坦承道："我怕那位可怜的'希特勒 – 错过了'先生[99] 很快就只剩很少很少的赞美者了，除了您的那几个侄女，我的那几个侄儿，外加温德汉姆·刘易斯和埃兹拉·庞德先生了。"

  庞德给罗斯福寄去了两封信。在其中的一封信中，他肯定道："在银行的那些猪猡施行垄断之前，金钱就已经是代表人们所完成之劳动的一张票据了。"

在一年时间里，他在一些报纸杂志上发表了大约一百五十篇文章和信件。而在这些通信者中，人们发现有帝国银行的行长贾马尔·沙赫特[100]，还有戈特弗里德·费德尔[101]，希特勒的一位重要经济顾问。

他给墨索里尼写了五十来封信。在其中的一封里，人们能读到中央宣传部一个工作人员的如下批注："有一件事明确无疑：信的作者精神失衡。"

尽管他的言行举止颇有些怪异，罗马电台，一个法西斯主义的广播电台，从1936年起，为他开辟了一档节目，一开始是不定期的，然后就变成了一周三次。

他对法西斯主义的热情是毫无保留的："高利贷是世界的毒瘤，唯有法西斯主义的手术刀才能够把它从各民族的生活中给切除掉。"或者："我来到了意大利……为的是呼吸法西斯时代的空气，就是说，我们时代的智性的空气。"

奇怪的是，如果说，他把他的书《库尔丘尔指南》题献给了他的犹太人朋友祖科夫斯基[102]，虽说他的朋友中有很多犹太人，他关于犹太人的说法却显得越来越暴烈："'犹太新闻报纸'毒害着世界，整个音乐界都犹太化了，犹太人是不能够担负起公民责任的，因为他们没有自己的国家，托洛茨基就是一个顽固的犹太脑袋，罗斯柴尔德家族控制着美国的种种通讯社。"

在他的口中，纽约成了犹约。他坚信，犹太人在密谋破坏和平，而他们不可告人的目的就是通过高利贷来资助战争。

出于对异教的怀念，他认定是犹太人最终造成了一神论。而圣经中的犹太成分，在他看来，则是"黑色的恶"。但是，他的辱骂同样也针对基督教徒和美国人。

按照他的传记作者约翰·泰特尔[103]的看法，"就在人们对他的作品显得不那么关注的某一刻，庞德选择了一条争议满满的政治道路，仿佛不为别的，就为孤注一掷地吸引人们的注意力"。

1939年8月。他回到了拉巴洛，在《晚邮报》和《罗马子午线》上发表了一些刻薄狠毒的文章。其中一篇的题目为《犹太人，疾病的化身》。

在他看来，资本主义是犹太人恶魔式的作品。他坚信，犹太人总想偷偷地对世界行使一种控制。

在一篇论宗教的随笔中，他呼吁一种摆脱了"犹太毒素"——同时也摆脱了任何非欧洲灵感——的基督教主义。

在他看来，从滑铁卢开始，英国人就不是什么别的，只是受到罗斯柴尔德家族奴役的一族奴隶。而在美国，罗斯福就是"犹太社会"的代表。因此，他给罗斯福起了外号，称作"犹斯福"或是"发臭的罗森斯坦"。

在他十多年以来撰写的几百篇文章以及几千封书信中，关于经济的种种思想总是有系统地伴随着咒骂。他怀疑，经济从此便只取决于军火工业生产，而军火工业则会随心所欲地决定到底是战争还是和平。

他提到了杰弗逊，此人在 1816 年宣告："银行机构要比战役中的军队远远更危险。"

有时候，在一封信的末尾，他会写上"赞美希特勒"的字样。

1939 年 12 月 1 日 [104]。德国的坦克穿越了波兰边境。

在《时代杂志》的日语版中，他写文章明确地说："如今在欧洲，民主可以定义为'由犹太人领导的国家'"。

"犹太佬的影响，从纪元元年开始，直到如今的 1940 年，从来就只是一种对欧洲的臭骂。"

庞德不断地把种种想法扔给意大利宣传机构的不同部门。他向墨索里尼建议替代国际联盟。只不过，这一具体计划后来并没有提交到墨索里尼手里，但他的幕僚曾做了如下的记录，这一计划是由"一个头脑不太清楚的人设想的，完全缺乏现实感"。

尽管他怀着满腔的法西斯主义热情，广播电台的官员们却担心庞德会是个双重间谍，会借着他的那些讽刺谩骂，把一些情报用密码传播出去。他话语中缺乏条理、令人无法理解的东西，确实有些让他们担心。对于法西斯组织机构中的很多成员，庞德是一个温和的疯子，他有可能带来一种危险，因为他异想天开，思维混乱，而且口无遮拦。

不过，他们还是准许他参加"美国时刻"的播出，这个节目直接对英国、部分中欧国家以及美国播出。第一次七分钟时长的播出是在 1941 年 1 月 21 日。

随后，庞德的"谈话"每三天会播出一次，于是，庞德每个月会有一个星期去罗马，提前录制节目。他的声音很像是一只被关进了大口瓶子里的黄蜂发出的刺耳嗡嗡声。不仅他的话语有时候会很晦涩，而且他的行为举止也总是很随便，他不修边幅，就像一个流浪汉。

1942 年，在一个相对清醒的时刻，他决定搭乘专为疏散在意大利的美国人的外交列车，前往里斯本，但是，他的广播节目妨碍了此次成行。

意大利的食品供应非常紧张。黄油开始短缺。不过这没有什么关系，庞德自认为他有解决办法：他建议墨索里尼在阿尔卑斯山区大规模地种植花生。

作家昂里克·佩阿[105]证实了这一点："这位好人先生真的是疯了，疯了，彻底疯了。"

在拉巴洛，在最后那个萨罗法西斯共和国[106]期间，所有人都想买早间的报纸，但是，谁都没有钱了。这时候，报商巴菲科想出了一个办法，就是印制一些小票证，可以用它们来换钱。有一天，庞德发现这位可怜的巴菲科陷于绝望之中，因为街上的所有商人都拿他印的票证当通用货币，并要求他再多印制一些。

1945 年 4 月底。墨索里尼彻底失败后企图逃跑，但还是被游击队在意大利的阿尔卑斯山区抓住并处死。他和他情妇的尸体都被倒挂起来，在米兰的一个广场前示众。

　　5月1日。美国军队占领了拉巴洛。庞德离开了圣安布罗乔，前去迎接他们。他准备好要投降，但首先还是表示了愿意为战胜者效劳，并执意表明自己对意大利的了解，还有对意大利语的掌握。在一家咖啡馆，他跟一些美国军官相遇。尽管他装腔作势，他们还是根本不理会他。于是，庞德又返回了圣安布罗乔。

　　第二天，他独自一人待在公寓中。奥尔嘉·卢奇去镇上，试图买份报纸回来。
而多萝西去探望庞德母亲。两个全副武装的游击队员来到了庞德的家门口，命令
他跟他们走。庞德赶紧把他正在读的那本孔子的书塞进衣兜，另外还有一本汉语
词典。他把他家的钥匙托付给住在底楼的那位女士，并做了一个手势，让她明白
他将被吊死。他后来这样写道："在艺术中，在生活中，你必须走得远过了头，才
能知道你究竟是在哪里从稍远一点走向远得过了头的。"

　　他被戴上了手铐，押送到游击队的司令部。

129

　　5月3日。美国军队的一些宪兵抓捕了他，并把他一直送往在热那亚的反间谍总局。审问持续了整整两天。庞德声称自己可以解决很多政治问题，只要能把他送到杜鲁门总统和斯大林那里。说到墨索里尼时，他宣称，那是"一个不完美的人，他昏了头"。而丘吉尔，则是一个"以最大的残暴施行了最多非正义"的人。至于希特勒，他是"某种程度上的圣女贞德，一个殉道者，他只是因为没能紧紧地跟从孔子，才走向了失败"。

几个星期之后，庞德被转移到了比萨的训练惩戒营。华盛顿政府的战争部领导人强调要采取格外严厉的安全措施。他们担心这个俘虏会逃跑或者自杀。因此，他在被带上车时跟一个被指控犯了强奸与谋杀罪的士兵铐在一起。在运送途中，他不免频频挑衅与侮辱那些押送他的宪兵。

训练惩戒营体现出一副大军营的样子，周围围有铁丝网，高耸起十四座瞭望塔。整夜都有探照灯照射。住在营地中的都是美国军队中最重要的罪犯：大约三千六百个叛徒、逃兵、窃贼、强奸者或杀人犯。有些人正等待着一次审判，另一些则接受着他们的惩罚：每天十四个钟头的劳役。他们中的大多数人都集中住在帐篷中，但是，除了两个食堂之外，中心还拥有一些单人隔离囚室：那是一些两米长两米宽的混凝土立方体，有着一道铁门，另外，还有一些带栅栏门的铁笼子，一百八十三厘米见方。这些牢笼都是为死囚犯而特别预留的，他们将从这里被带往那不勒斯附近的阿韦尔萨，并吊死在那里。庞德就被关在这样的一个牢笼中。头一天，出于谨慎，守卫们还特地把镀锌的金属片和钢铁板焊到了栅栏上，作为加固。而应该用来保护他免遭灰尘、雨水和阳光的顶棚，则是用涂有沥青的油毛毡做的。

一天下午，一些囚徒试图越狱逃跑。他们很快就被架在瞭望塔上的一挺机关枪给镇住了，一阵阵短促而又精准的扫射打得他们全都趴在了地上。一些人企图自杀，另一些则把苛性钾倒在自己的皮肤上，以求能被转送到比萨的医院去治疗。

庞德穿上了一件作战服，衣领大敞着。他的裤子直往下掉，他的鞋子大开着口：皮带和鞋带都被没收了。

白天，他就在牢笼中来回转圈，根本就不朝外面瞧一眼。

夜里，一道探照灯的灯光打在他的囚笼上。他试着在水泥地面上睡觉。一个看守始终守在他的门前，夜以继日。最开始的一段时间里，没有人可以跟他说话，甚至连那个为他带来盒饭并倒空他便桶的士兵都不可以。关在这里的囚徒们都带着一种敬意观察他：特地加固的栅栏，还有分秒不停的监视，都表明这是一个特别危险的人物。后来，庞德会这样回忆道："老埃兹拉就是这个展览会的最亮点。"

　　他五十九岁了。整整三个星期，他都在牢笼中来回踱步。他努力进行一点锻炼。他尽可能地阅读，读他的孔子，还有他的汉语词典。他的看守们决定为他提供一些书籍、纸张，甚至还有一台打字机，但他拒绝使用它，因为灰尘可能会损害他的健康。

　　灰尘，风把它们吹得到处飞扬。最终，它们开始灼蚀他的眼睛。监禁条件越来越让他叫苦连天。他被种种强烈的恐惧、噩梦、幻觉攫住，经常瑟瑟发抖，成了一种严重的神经性抑郁的牺牲品。他的记忆退化到甚至都认不出看守和医生来了。他很快就停止了进食。在上峰的命令下，他被转移到了卫生所的一顶帐篷中。

一张行军床和一个小箱子成了他所有的家具。很快，他又得到了第二个箱子，甚至还有一张桌子。

他会一连好几个小时地观察黄蜂如何筑造蜂巢，观察蚂蚁如何在蚁穴中忙碌。所有的日子里，他都坚持做一种奇特的体操，打一场想象中的网球，来一场想象中的击剑赛。然后，他得到了一根旧的扫帚柄：他便会模仿一局台球赛，或者一场棒球赛。他会很自觉地做一些滑稽的小丑动作，这就帮他赢得了囚徒们的同情，他们会偷偷地跟他交流短短的几句话。

美国的黑人囚徒们分享了他对基督教主义的定义："你应该先解决好自己的事，然后再去管别人的事。"

白天一天比一天热。他脱下了他的制服，换上了一件卡其布的内衣，头上则戴上了一顶有鸭舌的军帽。

他在帐篷四周不停地走，踩踏青草，用鞋跟掘土。当他跟医生以及护士们聊天时，他丝毫都不避讳人们对他背叛行为的指控，依他看来，对他的审判将不会举行，因为"他对华盛顿的好几个大人物知道得太多"。他拒绝别人把他当作一个卖国贼，并为自己的法西斯主义者身份辩护，当别人对他说起墨索里尼时，当他们听他把墨索里尼昵称为"墨斯"或者"本"时，他就哈哈大笑起来：当然啦，他们真的见过面，但并没有交换过任何的政治观点。墨索里尼一点儿都不想听取他关于经济问题的建议，认为他只不过是一个"乡巴佬"。他诅咒墨索里尼，就像他胡说一气地诅咒希特勒、罗斯福和丘吉尔那样。他不停地重复说，美国人民都被一些"混蛋的高利贷者"给骗了。

在帐篷里，他翻译了孔子的两篇文字，并继续写他的《诗章》，他还开始撰写后来著名的《比萨诗章》的初稿。营地的环境以及周围的景色在其中扮演了一个显著的角色：

> 三个小年轻在门口
> 在我的周围挖出了一条壕沟
> 生怕潮湿会侵蚀我的骨头
> ……

而地平线上高高的太阳隐在一大块云彩中

　　　播洒下番红花在云彩的边上

　　　……

"熄灯之后，"罗伯特·L.艾伦[107]后来这样说，"受到他食指野蛮敲击的机器发出的持续好一阵的铿锵声，会被某种尖利的嗡嗡声所打断，那是它在每一行末尾发出的一记清脆的铃铛声。每个打字错误都会激起一阵雪崩似的咒骂。"

夏天过去了，大雨不停地浇在帐篷上。他也变得越来越消沉。那是在11月中旬，一天晚上，庞德跟卫生所的看守正聊着天。突然来了两个年轻的中尉，命令他赶紧整理好自己的私人用品，马上准备出发：飞往华盛顿的飞机将在一个小时之后就起飞。庞德赶紧收拾好书籍与纸张，请看守帮他感谢卫生所的所有人员，感谢他们的亲切关照。迈过门槛时，他回头看了一会儿，半带着微笑，双手紧紧卡住自己的脖子，仿佛那是一个带扣的结头。猛地，他抬起了下巴。

1945年11月18日。战争结束几个月之后，庞德来到了华盛顿。美国的报刊媒体大张旗鼓地报道了这一事件。

两天后，就是纽伦堡审判开始的日子。所有的报刊都详细地报道了纳粹的滔天罪行。非人的集中营内幕暴露在了光天化日之下。在好几篇关于达豪与贝尔根－贝尔森集中营的文章之后，人们可以读到"诗人埃兹拉·庞德乘坐飞机到达，前来回应对他叛国罪的指控"。

他先是被带到哥伦比亚特区的监狱。他十分震惊。他觉得，"整个世界都倒在了他的头上"。面对种种几乎难以置信的事件，他要求自己为自己辩护。法官拒绝了，因为指控比这远远严重得多。

他的律师写信给他的出版人詹姆斯·拉夫林[108]说："我发现这个可怜的魔鬼处在一种相当堪忧的状态中。他的种种思想都极为模糊，然而他的论说却有理有据，他会从一个想法突然跳跃到另一个想法上，他根本无法做到集中精力——哪怕只是为回答一个简单的问题——他总是会一下子跑题到十万八千里之外。我们的大部分时间都用来谈论孔子、杰弗逊，以及他们的种种政治与经济主张。"

他实在弄不明白，犹太人为什么想要吊死他，因为，他说，他曾经拟定了重建耶路撒冷圣殿的完整计划。

他坚持认为，对于一个像他这样的诗人，最好的结局兴许就是被吊死。他把自己看成为弗朗索瓦·维庸[109]，这是他十分看重的一位诗人。而在他的律师看来，他的当事人只有一条出路：必须以精神失常为理由替他辩护，因为，假如他的当事人必须留在监狱中，他的健康就一定会出问题。

1945 年 11 月 25 日。在他的监牢中，庞德成了一次幽闭恐惧症剧烈发作的牺牲品。人们不得不把他转送到卫生所。两天之后，他已经处于某种极其虚弱的生理与心理状态，他竟变成了哑巴。

一个月后，12 月 21 日，他的审判被宣布无限期地延期。医疗委员会提交了一份相关的报告。报告说："被告如今六十岁，从整体上说，他的健康状况属于良好。少年时期作为早慧的神童学生，在文学方面有所专长。他后来自愿地流亡他乡长达四十余年，曾在英国和法国生活过，最近二十一年则在意大利度过。他以诗人与批评家的不稳定的方式来谋生。他的诗歌写作以及文学研究后来都非常有名，但是近年来，他对货币理论和经济理论的巨大兴趣显然让他大大地偏离了文学的方向。

"人们总是把他看作古怪而又忧伤的自我中心主义者。甚至在目前这一时刻，他都还没有意识到自己的真实处境。他肯定地认为，他录制的那些节目根本不构成叛国罪，他的所有广播活动都是出于被他称为'拯救宪法'的使命。他异常地浮夸，以一种极端外露、极端热情洋溢的方式来表现。他语速极快，有一种思维大幅跳跃的分心倾向，随时随地东拉西扯，离题万里。依我们的看法，他的人格多年以来就很异常，而且随着年龄的增加越来越趋于异化，时至今日，他已经处在一种谵妄的状态，使得他在精神上根本无法有效地听取一位律师的意见，或者带着理性与理解能力参与到他的自我辩护中。换言之，他已经疯了，不能够接受审判，而应该在精神病院治疗。"

被告被转移到了圣伊丽莎白精神病院，无限期地待在那里，这是一家位于华盛顿郊区的重要的疯人院。最初的十五个月中，他是在一个水泥结构的寝室中度过的，既没有家具，也没有窗户，在里头，两个病人中有一个要穿上束缚衣。随后，他被关进了一个大约有八张床的病房，十八个月之后，人们又把他转到一个单人小间中，里面配备有一张桌子，一台打字机。他被允许接待来访者。很快，他翻译了索福克勒斯的一出戏剧以及一些中国的经典文本。他又继续写作他的《诗章》。

　　1947 年，他的妻子和朋友要求把他转送到一家私人诊所。美国政府拒绝了他们的请求，理由是，"这一转移只会让他的处境变得更舒服，更幸福"。

　　1949 年。博林根奖[110]颁发给了庞德，以奖掖他的《比萨诗章》。尽管评委会的组成都是权威人物——T. S. 艾略特、罗伯特·罗威尔、W. H. 奥登和康拉德·艾肯——争议还是爆发了：一种表达出反犹主义和法西斯主义观点的诗歌，怎么能获奖呢？《党派评论》杂志[111]——跟庞德的政治观点正好敌对，而且其出版人大多为犹太人——就此提交了一份卷宗，为公平起见，还有一份对《诗章》的赞词。

　　1958 年 5 月 7 日，在海明威和艾略特等一批知名人士的坚持下，被监禁了十三年的埃兹拉·庞德终于获得了释放。这一年，他已经七十三岁了。

　　一个半月之后，他登上了"克利斯朵夫·哥伦布号"前往意大利，陪同他的有他的妻子多萝西，还有一个年轻的英国女子，她不仅是他的秘书，还是他的情妇。

　　当轮船进入那不勒斯海湾时，他向前来迎接他的新闻记者们说："整个美国就是一座疯人院！"然后，他举起胳膊，行了一个法西斯式的敬礼。

同质而又空洞的时间

"那些对历史而言仅为表象的东西 ……会在现实的深度中具有一种相当的重要性，这一点是我要否定的。"

——夏尔·贝玑[112]，《我们的青春》，1920

这男人上了路。他孤独一人。天空一片苍茫，低垂在田野上，田地之间不时有一条条灌木带的隔断。乌鸦的聒噪混杂在风的呢喃中。男人来自村庄。他前往不知什么地方。兴许要去邻近的那个村子，兴许一直要去小溪那边，或者茂密的森林。兴许他要前往那正流向海的大河边的大城市。

而假如没有路呢？既没有大道也没有小径呢？假如村庄停在了它的最后一堵墙跟前呢？

村子是用石头建造的，一种很棒的灰色鹅卵石，被用来建造教堂、村公所、食品店、理发店。当然，还有用砖头建的小学校，以及位于主街两侧的好多小房子。还有用矿渣砖建的快餐店。快餐店：在那里，一切皆可畅所欲言，一切也都噤声不语。社交活动的聚集点。在村子的尽头，还有墓地，每个人的路最后都会走向那里。但是，没有路。在墓地的另一头，就再也没有什么了。一些草场，一些灌木丛，一望无际的树林。

然后，虚无开始了。

村庄失去了它的路，而路，则是世界的开端。一个没有路的村庄，是一个没有世界的村庄。根本就前去不了，也不可能返回。人们就悬在教堂的钟楼下，等上一无所用的一个钟头，因为没有任何地方可去可来，除了把理发店跟快餐店分隔开的那两步路。人们忘记了刚刚过去的一刻钟。人们忘记了最近的一段过去。人们忘记了遥远的过去。人们一点儿都不想知道第二天的任何什么，也不想知道再接下来任何一天的任何什么，既然没

141

有路，既然没有任何什么通向村外。

今天的时代很像这个村庄。缺少的不是路，而是过去和未来。时代只了解它的现在，被赶出过去、被剥夺未来的现在，或者，就像本雅明所说的那样："一段同质而又空洞的时间。"再也没有了昨天。再也没有了下一天。所剩的只有今天这一天，它会让位于接下来的那一天，第二天，再忘记昨天这一天。

正是通过怀疑与偶遇，信仰才会动摇，体系才会衰败，尽管它们也会因为自身的行径而走向衰落，当它们的强力达到顶峰，就是它们面临下降之时。

我们不由自主地继承了20世纪的种种意识形态。我们很像是它们的迟钝的寄宿者，待在对它们依然温热的幻觉的否认中渐渐发臭。我们一点都不愿意接受这些过期的信仰，因为我们清楚它们曾经是什么样的灾祸，所有这一切，毫无例外——民族主义、法西斯主义。

然而，在这一大堆趋于消亡的学说中，依然存留有一种现代的意识形态。尽管不能自诩为过去的意识形态，它却拥有过去的种种痕迹、某些狂热、习惯、计谋。但是，这一现代意识形态否认自己是一种意识形态。它竭力想表现得摆脱了构成一种意识形态的一切成分，而且它善于制造幻觉。凭借着种种面具与否认，它成功做到让人怀疑它是否存在。不过，我们还是能够把它从它的影子中剥离出来，让它乖乖招供的：它终究躲不开。即便它振振有词地说出它是由什么构成，有什么样难以承认的思想、抱负、霸权欲，我们恐怕也不会去进一步援引。因为，如果说，这一意识形态不自我显现出来，那是因为它本就不需要。跟基督教主义、法西斯主义正好相反，它无须大吹大擂与恐怖威胁。它不会强迫我们祷告或闭嘴。那是因为它无孔不入，到处渗透。它由只言片语甚至喃喃细语来表达。它从来不显示为一个整体，一整张脸。人们认不出或者很难辨认出来。它含糊其词，要花招，尽最大可能刻意装扮。只有在一种嘈杂喧闹中，它才感到轻松自在。

不知不觉地，阴险狡诈地，它开始进入我们的语言、习俗、判断，还进入我们理解现实的方式中，首先是通过历史。然而，这一现代的意识形态想要剥夺我们的，恰恰就是历史，就是这在过去、现在和未来之间的运动。它故意忽略过去，为的是更好地沉溺于现在，这让人忘却未来的现在。至于未来：我们别忘了，20世纪的意识形态都在拼命让人忘记现在，在对注定更好、更光辉灿烂的未来的承诺中忘却自己。

今天，未来首先是一种威胁，是一个必须从我们的头脑中排除掉的糟糕而又危险的世界。为此，只要激起遗忘就行。而一旦未来被忘却，人们也就能忘记过去了。

但是，人们又不会让过去彻底消失。因此，它应该会以如今能够忍受的样子出现：一种遥远、模糊的过去，由王室的假发、海战的胜利、成功的征服构成。从这一切中应该只留下重大日期、英勇战役、博物馆式辉煌。正是靠着对过去的这一乔装，以及对未来的这一排斥，现代的意识形态才能建立起来，并作为一种意识形态来运行。它会以一种暴力的方式精确运行，却不承认它的工作就是要系统地消灭历史的运动。这是一种使人盲目的技术，一种已经证明有效的技术，从此，我们将以盲人的方式了解世界。我们处在一种奇特的黑夜中，一种既不开始也不结束的漫漫长夜，既然它既没有过去，又没有未来。而在这一黑夜中，我们仿佛被悬置在现在。更有甚之：我们是躲避在现在，就像被裹在一个茧中。

但是，就在这被悬置的时间中，在这被冻结的现在，一道微光扰乱这个有序的黑夜。这微光由不确定、矛盾、悖论造成。这微光并不呼唤明天的极乐希望，也不跟明天作对：明天总是把承诺维系在不确定上。而未来，人们只能梦想，而梦想未来则导致了更好地梦想过去，一种并不需要去赞颂的过去。必须畏惧这微光，毫无顾忌地批评它。必须刻不容缓地召来它。说来还真的是一种悖论，现在正是通过过去的悲剧、过去的阴暗时刻才照亮自己的。

本雅明注意到了这一点，他说："对于历史，任何曾经发生过的事，就不会丢失。"但是，历史并不是由一系列的事件构成的。它并不是要知道种种事情到底是如何发生的。它是要唤醒死者，所有的死者，毫无例外。必须听到那些被噤声的人的声音，那些悲惨者、无名者、被官方历史所排斥者的声音。只有这些被重新找回的声音，才能为当今给出一种现实。它们才是看不见的和哑默的担保人。

主子们和战胜者的声音会死在被战胜者的沉默之中。官方的历史即是他们的历史，"曾经是婊子"——本雅明是这样说的——的这一历史，是一种没有居住者的历史，一种由缺席者构成的历史。这里头缺少躯体、肌肤、实质。

这份官方历史满足于自身的多少有些真实的功绩之书，在那些书里，斗争的失败者已被小心翼翼地清除。整整一个没有了声音的世界，就在人们太过熟悉的那些小故事的字里行间叫喊。过去的种种意识形态，也一样善于修补种种可疑的传说，把那些最荒唐、最不可信的传说全都修补得完美无缺。但是，作为漫画式的夸张手法，现代意识形态并没有什么令人羡慕的地方。它的历史英雄、战斗英雄，为了确保引人注目，都不免有些表演过度，哪怕只是在媒体上出现短短的几秒钟。他们从所有那些默默无闻的士兵身上，偷走了主角的身份。在胜利大军的战线上，那些被遗忘的人在呻吟着、爬行着。在历史的等死之地上，没有什么忘我牺牲的壮举：没有什么军人，只有人。

正因为人们可以怀疑过去的神话，真正的过去才能够重新揭开。尼采在他的《快乐的智慧》中这样写道：应该重新质疑整个历史，因为过去无疑基本上还没得到发掘。为此，就应该召唤它自己的追溯力，好让过去的秘密从其隐蔽的地方走出来。

尼采很享受这一被称为"历史感"的新德行。但是，这情感"依然还是一种那么贫瘠、那么冷的东西，它从那么多人的心中掠过，就像一阵冰冷的哆嗦，并且它还使得他们感觉更贫瘠，更冷"。

这是一种很宽泛、依然模糊的情感，还不知道该对那个深深隐藏在集体记忆中的大陆做什么才好，它有着一副病入膏肓者的模样，似乎对自身健康状态充满了遗憾，或者很像奄奄一息的老人留恋着青春岁月。这是因为，一种这样的情感要求我们做出的努力会是巨大的。它指的是，感同身受地把整个人类的全部历史体验为他自己的历史，既不多也不少。所以，尼采这样写道："把这一切放在他的心灵上，最老的过去，最新的现在，人类的种种丧失，种种希望，种种征服，种种胜利，最终把这一切聚集在一个独一的心灵之中，到一种唯一的情感之中，这就最终会产生出人类还从

144

未认识到的一种幸福……"

尼采的预感都没有实现。在恐惧与怜悯中，整整一个世纪的各色各样辉煌的未来被消费掉了，而我们现在的情况是：作为在一段悬置时间中的老人和孩童，我们不再有什么力量再去梦想，我们勉强感受到梦想的必要性，因为现代意识形态不会激起任何的梦想。

曾被称作资本主义的东西，人们现在自愿地命名它为自由主义，而且还把它定义得如同一种现实，其中的力量关系将由竞争与利益的关系来确定，这一世界性社会的运作没有秘密的罗盘，它天生就缺乏这个，它就栖身在它的这一缺乏之中，也就是说，这是一个活在已完成的世界中的世界。而这个世界并不比时间的意识以及它的经验少什么。历史之所以开始，或许更多地靠的是诗意，而不是哲学。

逃离法国

　　1940 年，马赛拥有大约六十万居民。根据某些资料来源，仅仅在罗讷河口省的逃难者，数量就达到了十万人之多，其中有一万法国人来自被德军占领地区，还有很多则是躲避纳粹迫害的犹太人。另外还有一定数量的复员军人，再有一些则是即将被遣返殖民地的人。

　　城市已经涌入了一大批难民：西班牙的共和派、民团武装者、老人、妇女、儿童。

　　马赛也被看成"法兰西的犯罪之都"。

　　一开始，这些难民在圣夏尔火车站由一些慈善机构负责照顾，然后被分别带往住宿地点，例如五月美人小学。

　　根据抵抗分子亨利·弗雷奈[113]的叙述，从6月开始，马赛城就人满为患："旅馆再也没有一个空房，街区中再也没有一个出租房，火车站人山人海，夜里，一些人就睡在广场上，紧紧搂住自己的行李。"假如运气稍稍更好一些，并且也付得起高得惊人的价钱，难民兴许还能在一些过渡性质的小客栈里得到几个钟头的休息。有些人甚至就睡在浴缸里。

大街上，拥挤的人群溢到了马路上，因为咖啡馆的露天座已经侵犯了人行道。到处都有人在侃侃而谈，大喊大叫，手舞足蹈。波布考夫斯基记录道："在此期间，米斯特拉尔风[114]疯狂肆虐。太阳变成了青铜色，尘土在大街小巷飞扬，垃圾漫天飘舞。"食品是凭票供应的，同样限量供应的还有烟草、葡萄酒、衣服、鞋子。因为没有烟叶，一些人就用菊芋、桉树、艾蒿或者椴树等的叶片来代替。人们喝菊苣泡的水。人们吃鲱鱼、大头菜、菊芋。因为再也吃不到星期日的好羊腿肉了，人们就用一种所谓的"贝当烤肉"来代替，那是一种往茄子里塞进大蒜做成的素菜。

　　现在，本雅明必须获得一纸离境签证，才可能离开法国的领土，而这签证只能由维希政府的警察当局来签发。因为无法得到签证，他就打算先偷偷越过比利牛斯山的边境，然后穿过西班牙，再在葡萄牙上船，最终前往美国。有不少难民选择了这样的一条以稳当可靠而著称的路线，并逃亡成功。

　　眼下，整整一个多月时间里，本雅明就隐藏在马赛城里，没有证件，时时刻刻担心会被法国警察或越来越多的纳粹秘密警察逮捕。

　　城里满是过境的流亡者，他们都在旅馆里或者居民的租房中苦苦等待，等待着出发的那一刻。海塞尔夫妇弗兰茨和海伦，海因里希·布吕赫，尤其是汉娜·阿伦特都在马赛。对这位汉娜·阿伦特，本雅明托付了一些不同的文献资料，尤其是他最后的手稿，那篇著名的论文《关于历史的概念》。

　　本雅明同样也见到了他在巴黎时期的老邻居阿瑟·库斯勒[115]，并跟他交流了自己内心的忧郁，还有他试图自杀的想法。库斯勒后来这样见证道："他拥有五十片吗啡片剂，他决定，一旦自己被捕，就立即吞服。他对我说，这个剂量足以杀死一匹大马了，他还把他的一半药片给了我——'以防万一'。"

　　到了 8 月底，他终于取得美国签证了——霍克海默和波洛克[116]为他提供了一份"财力担保证明"。

　　他简直不敢相信。靠了美国的研究所尤其是研究所主任马克斯·霍克海默的紧急调停，一个特别程序得以启动。马赛的美国外事办公室也给他颁发了一份替代护照的签证。由此，一旦他来到巴塞罗那，美国领事馆就能发给他一本美国护照。紧接着，他还获得了西班牙和葡萄牙的过境签证。

　　但是，就像很多其他难民的情况一样，他还缺少离开法国领土的许可证。没有这一纸证件，就根本无法合乎规定地旅行。

　　法国的种种政治与行政措施不断地遭到质疑。朝令夕改，一天一个说法，互相矛盾，彼此对立。这是绝对随意的统治。为获得一纸签证，经过几个星期甚至几个月努力才好不容易完成的手续，现在却可能会被一笔勾销。

　　圣费雷奥尔街，一些移民听说，有一家机构正在以一百法郎的价格出售前往中国的签证：他们就立即在门前排起了长队，而在办公室里，几个官员则往一本本护照上加盖一个中国的印戳。后来，人们得知，盖有印戳的那一纸文字，翻译过来是如下的意思："严禁本证件的持有者踏上中国领土，无论何种情况。"

　　在"自由地带"，人们不无惊恐地谈论着昆特委员会[117]。

　　这个委员会跑遍了法国的羁押营，一方面是为了释放那些被囚禁的纳粹支持者，另一方面是要整理出一份反对者与犹太人的名单，以便把这些人移送给盖世太保。这些名单也被分送到了各个港口，还有边境检查站。名单阻止了成百上千移民离开法国领土。但是，最令人担忧的还是法国的民团武装者。听人说，这些卖国求荣的人比纳粹分子还要狂热。

本雅明被这些障碍弄得十分沮丧，根本顾不上什么道德体面，只能尝试了能试的一切。他曾跟他的同伴，精神病科医生弗里茨·法兰科尔[118]——他曾是他的邻居——一起，花了好大的一笔贿赂金，化装成海员，登上了一艘货轮。他们的模样，且不说他的年龄了，立即引起了当局的怀疑。"想象一下这样的喜剧场景吧，"丽莎·菲特科讲道，"弗里茨·法兰科尔大夫，花白的头发，瘦弱的身影，还有他的朋友瓦尔特·本雅明，一副笨手笨脚的样子，一个文人雅士的脑袋，探索家的目光，还戴着一副厚厚镜片的眼镜，居然化装成了法国的海员……"

在极度混乱的环境中，他们成功地躲过了警察的注意。

这计划是如此怪诞可笑，让很多移民忍俊不禁：他们怎么居然就想出了这么荒唐的主意呢？

这次尝试最终还是失败了。本雅明只得另想办法。也正是在这个时候，在十分意外的情况下，他巧遇了他在讷韦尔营地的同伴汉斯·菲特科。菲特科悄悄告诉他说，他的妻子丽莎听人说起过一条通道，能帮人秘密地穿越比利牛斯山区。已经有过一些难民借助于山区中的其他不同道路偷渡过。他们中有亨利希·曼和戈洛·曼[119]，有弗兰茨·维尔费尔和阿尔玛·马勒[120]，随后又有瓦尔特·梅林[121]、格奥尔格·伯恩哈德[122]和阿尔弗雷德·德布林[123]。

　　丽莎·菲特科在马赛港溜达了一阵。她跟几个工人聊了聊天。有一个工人为她介绍了一位工会中的可信人士，后者二话不说就建议她去找文森特·阿泽马[124]，而这位阿泽马是滨海巴纽尔斯——东比利牛斯省位于西班牙边境上的一个小镇——的镇长。阿泽马镇长对她解释说，那时候依然可靠的唯一路线就是"李斯特小路"了——因为赛贝尔的海岸公路很可能在盖世太保的命令下被机动警卫部队所严密监视。但是，必须冒险爬上一段相当陡峭的上山路，才可能通过比利牛斯山口。

　　1940 年 9 月 23 日。瓦尔特·本雅明、海妮·古尔兰[125]，以及后者十六岁的儿子约瑟，乘上了前往滨海巴纽尔斯镇的火车。这一小队人在一家小旅店里过了夜，第二天一清早，在离巴纽尔斯有八公里远的小村庄旺德尔港，本雅明就跟丽莎·菲特科见了面。"请原谅我前来打扰您了，亲爱的女士，希望我的拜访不会让您厌烦。您丈夫对我解释过怎么才能找到您。他告诉我说您会帮我越过西班牙边境线。"她立即就意识到，已经四十八岁的本雅明健康情况很不乐观，她提醒他对未来行程中的困难一定要有充分的思想准备。

　　"没关系，只要这条道路安全可靠就成。然而，我必须明明白白地告诉您，我有心脏病，走路不能太快。另外，我跟另外两个在马赛遇到的人结伴同行，他们渴望跟我一起越过边境：一位是古尔兰夫人，另一位是她年轻的儿子。您同意带上他们一起走吗？"

　　丽莎·菲特科并不认识路。但是她带着一张纸，纸上则是关于这条道路的所有信息标记，那是镇长阿泽马先生凭着自己的记忆一笔一画画出来的线路，地图上还带有提示：一个不要错过的岔路口，一个可以用来做标志的棚屋，一个长有七棵松树的小山坡，一个葡萄园。

　　他建议她下午先出发去侦察一番，试走行程的第一段，一直走到一片开阔地，这大概需要步行一两个小时。"您一直爬上这一片小平坡，然后回到巴纽尔斯，在小旅店里过夜，明天清晨4点钟，天色还黑的时候，您就跟葡萄园的农工混在一起，继续朝山脊的方向走，一直走到边境。"丽莎·菲特科注意到，本雅明随身带着一个很沉重的黑色皮包。"您知道，这个皮包是我最珍贵的东西，绝对不能丢失。它装着我最后的手稿，无论如何不能让它落到盖世太保的手中。它甚至比我自己的性命还重要。"

　　本雅明确实有理由保持警觉：一些像他这样的人不仅仅是丧失了国籍，更何况他还是犹太人，所谓的"自由地带"一点都不自由。实际上，在法国警察的默认下，"自由地带"是由纳粹及其耳目所掌控的。

　　在1940年，在德国和在其侵占的领土中所施行的反犹政策还存在一定的矛盾。治理法国外省的各级头目都不知道对散布在其属地上的几十万犹太人应该怎么办才好。希特勒本人也在犹豫之中。一开始，他倾向于把犹太人全都赶到非洲的马达加斯加去。

　　希姆莱[126]似乎是这一计划的启发者，但是，具体起草遣送四百万犹太人到马达加斯加岛的计划的人，却是艾希曼[127]和西奥多·丹内克[128]。

　　当时，希特勒关心的首要问题，是战争的走向，就像历史学家伊恩·克肖[129]所记述的那样："至少，就眼下来说，'犹太人问题'对于他还只有一种次等的重要性。通常，他只是在别人——例如弗兰克[130]、希姆莱、里宾特洛甫或戈培尔，所有这些人全都跟纳粹的反犹太人政策直接有关——的催促下才说那么一两句话。"

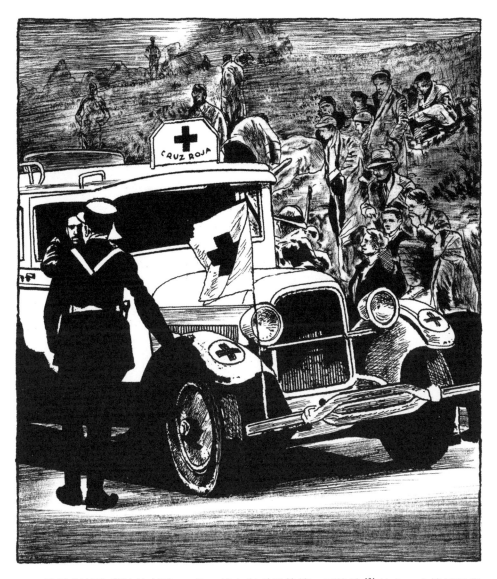

　　该计划就这样被放弃了。7月，某个名叫罗伯特·瓦格纳[131]的人，也就是巴登地方——德国人已经把原本属于法国的阿尔萨斯和洛林地区都划归给它了——的总督，首先采取行动，把三千名阿尔萨斯地方的犹太人遣送到下比利牛斯省的居尔集中营。10月，又有六千五百零四名犹太人被遣送到那里，再后来，则是又一些来自比利时和荷兰的犹太人。

　　直到那时候，居尔集中营一直还是专为普通罪犯以及西班牙共和派所保留的囚禁地。1939年的4月到8月期间，有两万五千名西班牙共和派人士被关押在这里。

　　大战爆发后，将有大约一万名德国人和奥地利人被关押到这里——其中包括汉娜·阿伦特，她是1940年5月到这里的，还有艺术家夏萝特·萨洛蒙[132]。囚徒中还有法国共产党党员、社会党党员、无政府主义者、工会积极分子、和平主义者，甚至还有一些纳粹的同情者，法国极右派的积极分子。

　　从 1940 年 6 月 22 日停战之日起，集中营基本上就用来关押犹太人了，他们大多数是在德国、波兰及中欧各国被逮捕的。他们中有一千来人后来死于痢疾和伤寒。

　　1942 年 7 月，党卫军军官西奥多·丹内克前来视察的时候，查清一共有三千九百零七名犹太人将被送往德朗西，然后再转送到奥斯维辛，在那里惨遭灭绝。

　　回头再说本雅明他们。到了那天下午，由丽莎·菲特科、瓦尔特·本雅明、海妮·古尔兰和约瑟所组成的这一小队人就开始上路了。他们经过了一个牲口棚圈，来到了一条稍稍有些向左偏的小径。本雅明一路上大口大口地直喘气。他每隔一段时间就不得不停下休息半天。

　　就这样，走了三个小时之后，他们终于到达了那片开阔地。这第一阶段的路程大约占总长的三分之一。他们在草地上坐下来，准备稍稍歇息一下，然后再原路折回。但是，本雅明已经筋疲力尽了，再也站不起来了。他就对他的同伴们说："你们下山回巴纽尔斯去吧。我不行了，我要在这里过夜了。你们明天早上来找我好了。"

　　丽莎·菲特科试图劝说他。她曾经听人说起过，当地生活着一些"自由转悠的野牛"，另外还有一些走私犯，他们很可能会抢劫他的。但是，他却更害怕盖世太保，如果原路返回，会徒然增加落入他们魔爪的机会。

　　因此，他就独自一人留在了那片开阔地上，既没有食物充饥，又没有毯子御寒。

　　就像本雅明以及大多数外国侨民一样，卡丽娜·比尔曼[133]也没有准备好要离开法国。这位奥地利驻法国使馆的法律顾问在使馆已经工作了十多年，"这是她生命中最幸福的岁月"。现在，她到了马赛。来自德军占领地带的一些旅行者警告她说，在火车上，盖世太保正挥舞着一份名单，要在"自由地带"上抓捕榜上有名的逃亡者呢，而名单上所列的最开头几行要人中，她的名字赫然在列。她必须尽快逃走，越快越好。

但是火车并不经过边界。能够通过大西洋而逃亡的所有的港口和边境检查站，全都被封了。在那些逃亡者中，有些人跟西班牙的天主教机构有一定的关系。另一些则相当有钱，能够以不菲的代价找到一辆汽车或者代步工具。而那些既没有关系也没有钱的人，就只有靠自己的双脚走山路了。

卡丽娜·比尔曼和他的妹妹黛勒，以及通过格蕾特·弗伦德[134]的介绍而结识的好友索菲·李普曼[135]，却跟本雅明一样，没有出境的签证。因此，留给她们的唯一出路就是走山路越过法国国境。

　　她们坐上了一列开往佩皮尼昂的火车。列车夜里到站时，车站陷入宵禁带来的一片漆黑之中。她们勉强换对了一列开往滨海巴纽尔斯方向的火车，在列车上，她们被法国警察拦住，但警察最终还是放了她们。9 月 24 日早上，"在南方的一片明媚阳光下"，她们来到了离边境只有几公里的那个法国小镇上。在那里，他们很偶然地遇上了从法国的蒙托邦那边过来的一些奥地利的社会主义者。那些人消息灵通，把她们介绍给了那位镇长阿泽马先生，镇长则为她们推荐了一个可靠的人，此人对当时的地理了如指掌，尤其是对走私者常常走的那些秘密通道。

　　她们花费了一下午的时间，试着侦察了行程第一阶段的那段路。

　　第二天，她们清晨4点就起床，重新走上头一天探过的那段路。

　　她们跟采摘葡萄的农工混在一起，穿越了一片片葡萄园——这里的葡萄很有名，出产一种叫巴纽尔斯的微甜的葡萄酒。她们被走在同一方向上的其他的一组组逃亡者超越。根本不可能做到跟他们展开交谈而不引起那些同行的采葡萄工的警觉。

　　9 月 25 日，丽莎·菲特科和古尔兰母子也是一大早就出发了，混在采葡萄工的行列中，走上了头一天已经走过的那段路。当他们三人到达那片开阔地的时候，本雅明——这个"老本雅明"，就像丽莎·菲特科称呼他的那样——正等着他们呢。他根本就没有挪过地方。他的情绪相当开朗，但显得有些虚弱：眼睛周围布满了大大的深红色斑点。丽莎·菲特科立即就想到了一种心脏病发作的症状。本雅明摘下了眼镜，用手帕擦了擦自己的脸，说："你们看到我的眼镜框了吗？它们都已经因为露水的关系而褪色了。"

　　四个逃亡者继续赶路，穿越一个个陡坡，一路向前，他们很相信阿泽马为他们画出的草图，相信本雅明借助洞察力对此做出的破译。他们来到了一个葡萄园，长着一串串黑色葡萄的植株几乎是沿垂直方向种上去的，葡萄园边上就是一条小路，跟那条大路正好构成一个落差，而且刚好被一片悬崖给遮挡住，因此很容易骗过法国边境守卫人员的视线。这是一条很古老的路，很久以来就一直只有一些走私者才会借道。

　　本雅明迈着缓慢而又稳当的步伐向前走去。每隔十分钟，他都会停下来："原则就是要作有规律的休息，绝不让我感觉精疲力竭。绝不允许把自己的力量用到极限。"

　　两个女人还有小男孩都过来帮他一把，每个人都轮流为他提沉重的皮包。沿着葡萄园延伸开去的山坡变得越来越难爬。本雅明已经筋疲力尽了。他再也无法向前迈一步了。他必须坐下来喘口气。丽莎·菲特科和约瑟过来搀扶他。他艰难地喘着气，但他没有抱怨。

　　"这是个多么奇怪的人啊，"丽莎·菲特科心里说，"一种水晶般透亮的想法，一种不可驯服的内在力量，而同时，又是无可救药地笨拙透顶。"

　　这一小队人足足走了五个小时。这路程看起来显然要比阿泽马的描绘所预示的更漫长，也更艰难。他们决定做一次休息，同时也稍稍分享一下所带的面包和西红柿。他们基本上没什么胃口：在集中营的长期居留，然后是在马赛的极不稳定的生活条件，几乎让他们的胃都打了结。

　　现在，对援助人丽莎·菲特科而言，是向后转返回法国去的时候了。她再三再四地嘱咐道："你们要直接前往边境站，出示你们的证件：护照、西班牙和葡萄牙的过境签证。一旦你们得到了入境的印戳，就乘坐下一趟驶往里斯本的列车。现在，我就要离开你们了。再见！"

　　另一小组，即卡丽娜·比尔曼、她的妹妹黛勒、索菲·李普曼以及格蕾特·弗伦德那一拨四个人，则从天刚一亮起就开始了同样的行程。她们的向导，在返身折回之前，伸手为她们指了一座顶峰，那上面耸立着一个沉重的四方形十字架。它将用来作为她们到达西班牙边境的标志。但是，她们刚一开始自行赶路，就差一点迷路：因为朝任何方向看去，她们都能看到一个十字架——"四座顶峰，四个十字架"。

　　在她们面前，伸展开一道谷地，四周为长长的一条山脉所包围。

　　怎么办？朝哪里去呢？

177

　　正在这个时候，她们遇上了"一位年老的绅士、一位年轻得多的女士和她的儿子"。

　　卡丽娜·比尔曼后来证实："那位绅士，是德国的一个大学教授，名叫瓦尔特·本雅明，差一点就要犯心脏病了。在9月这样一个极端炎热的白天，要在高山上攀爬，本来就是相当困难的，更何况还提心吊胆，生怕会被德国人抓捕，这一切对于他实在是太过分了。当我们停下来休息时，我们就分头四下里去找水，想帮这位有病的男士解解渴，缓一缓。他慢慢地恢复了一点精力，于是，我们继续寻路。"

　　互相做了介绍后，两拨人决定一起走。他们久久地讨论究竟该走哪条路，最终，他们赞同了本雅明的宝贵意见。在做了最后的一番努力后，他们总算到达了那座峰顶，从那里，他们放眼远望，看到了地中海的西班牙海岸。风景美丽得让他们简直不敢喘大气。时间已经是 14 点了。山下的远处，他们隐约看见了布港镇，以及那里的边境站，大约还有两个小时的路程。

　　这一帮人开始往山下冲。来到半山腰，看到有一个颜色发绿、气味怪怪的池塘，本雅明跪下来准备喝水。

　　"您不能喝这里的水！"卡丽娜·比尔曼冲着他高声嚷嚷起来，"水太脏，会染上病的。"

　　"可是，假如我不喝水的话，我就无法坚持到底啊。"

　　"请您理智一些，您有一万个可能会染上伤寒。"

　　"是的，也许吧，但是，那样的话，我最坏的结果无非就是过了边境之后再死掉。盖世太保将不再能抓到我，而我的手稿也将幸免于难。"

　　夕阳西下之际，他们翻过了最后一座山，遇到了第一批当地的西班牙居民。索菲·李普曼口渴难忍，问他们要水喝。一个男人答应后，消失了一会儿，然后端了一杯水回来了。她给他几枚硬币，然后，一队人继续前行。

　　终于，他们进入了布港镇。镇子处处显现出一种破败的景象，不少房屋在西班牙内战期间已遭毁坏。

他们走进了边境检查站。当值的指挥官粗暴地向他们示意，他们必须停步，不准再往前了：因为，在德国外长里宾特洛甫访问西班牙后，马德里政府颁发了一道法令，从此严令禁止任何难民穿越边境，假如他们没有一份准许离开法国领土的签证的话。那个军官命令他们返回法国去。

整整一个小时中，这些眼泪汪汪、绝望至极的难民恳求指挥官许可他们入境。卡丽娜·比尔曼使上了外交手腕，费尽周折才说服了军官，同意他们在布港镇过上一夜。她向军官承诺，他们会在第二天早上 10 点之前再来检查站的。

　　三个警察把他们带到一家叫法兰西客栈的旅馆，在那里，他们又分成了四个小组：索菲·李普曼和卡丽娜·比尔曼住一个房间，黛勒·比尔曼和格蕾特·弗伦德住另一个房间，海妮·古尔兰和她儿子住第三个房间，而本雅明则是一个人住一个房间。

　　宪警离开之后，他们在一起讨论，看看还有什么办法可以不返回法国。他们都知道，海关关员和警察几乎全都在为德国的秘密警察机关充当情报人员，而且他们还掌握着盖世太保要抓捕的人员的名单。返回法国，就意味着肯定被遣送去集中营。

　　索菲·李普曼和卡丽娜·比尔曼手里还有一小沓纸币,以及一些金币和金首饰。她们建议去收买宪警,但是本雅明对此举的效果表示怀疑。他几乎敢肯定,这家旅馆的老板跟住在他那里的一些盖世太保的密探有所勾结。在餐厅中吃晚餐的时候,这些逃难者就发现,前来吃饭的顾客中,有相当一部分是纳粹的探子。

　　本雅明这时候打了四个电话,不知道都是往哪里打的,打给了谁——他是不是正试图联系巴塞罗那的美国领事馆呢?

　　晚饭之后，他把自己关在旅馆房间里，三楼的4号房。他写了三封信：第一封给朱莉雅娜·法维兹，她是社会研究所在日内瓦的代表；第二封信给海妮·古尔兰，由她负责把信转交给阿多诺；而第三封信，颇有些谜题的味道，是给西班牙的多明我修会教士的。

　　写给海妮·古尔兰的那封信，后来被她销毁，再后来，她根据记忆重又写了下来，包含这样的内容：

　　"在一个毫无出路的处境中，我没有别的选择，只有逃离。正是在比利牛斯山区的一个没有人认识我的小村镇中，我的生命即将结束。我请求您把我的想法转告给我的朋友阿多诺，并向他解释一下目前我所处的情境。我已经没有足够的时间来写我本来很想写的所有那些信了。"

在旅店的接待大厅中，索菲·李普曼跟门卫讨价还价。她请求他充当她与宪警之间的调停人。她还保证说，事情成功之后，他将能跟宪警们分享她给他们的那一笔钱。在她看来，这个男人一点儿都不像杀人犯的模样：只有一种贪财的本性在激励他——而她是很善于根据人脸上的表情特征来确定一个人的个性的。一番商议之后，他向她承诺，天一亮，就帮她联系宪警。

　　上楼去房间睡觉时，她在走廊中听到有种种声响从4号房间中传来。卡丽娜·比尔曼赶紧起来去看，只见本雅明半裸着身体躺在床上，精疲力竭，神情绝望。她注意到，他那块漂亮的镀金怀表就放在小桌子上，表盖大大地敞开着。随时随地，他都在查看时间。他对她说，他现在根本就不可能再返回边境那一边去了，他也不会离开旅店了。她努力劝他理智一些，反复告诉他，除了等别无他法。于是，他很含蓄地告诉她说，他在马赛弄到了一种很有效的毒药。她恳求他再耐心等待一阵，并且说她跟旅店门卫之间的交易已经有了结果。

　　他执意拒绝，对她说，他还希望能"告别他所厌恶的这一生活"。海妮·古尔兰走进了他的房间。她坐到他的身边，眼下，轮到她来守着他了。

　　事到如今，一切也许都已太晚了：本雅明早在晚上十点钟就服下了他的吗啡药片。

　　第二天，9月26日，早上，是黛勒·比尔曼发现的，他处在一种极端虚弱的状态。他让她明白，他想跟海妮·古尔兰说话，于是海妮赶紧来到他的床边。

　　他向她解释说，他已经吞服了大量的吗啡，但是必须对宪警方面隐瞒实情，把这件事说成是最简单不过的小毛病。他把自己写的三封信交给了她，然后就丧失了知觉。

　　按照格蕾特·弗伦德后来作证时的说法，头一天晚上，医生就已经来过了，当时，海妮·古尔兰和她已经明白，本雅明早就吞服了过量的吗啡。而旅店老板后来对法官肯定地说，医生"在好几天当中"先后来过四次。

　　拉蒙·维拉·莫莱诺大夫第一次过来的时候，诊断本雅明是一种急性的脑中风。后来，他在白天又过来了三次，为临死的本雅明做各种不同的治疗，包括打针和放血。奇怪的是，他从头到尾始终都没有注意到药物中毒的明显症状：瞳孔收缩，反应动作的改变。海妮·古尔兰一再坚持要把本雅明转送到菲格拉斯的医院，但是，大夫却反对。他拒绝承担如此大的责任，他坚持认为，病人在这种情况下不适合转移。于是，海妮·古尔兰决定前去找神甫，所有人都跪下来祈祷，整整一个钟头。

　　瓦尔特·本雅明死于 1940 年 9 月 26 日晚上，准确时间为 22 点 35 分，这是依据布港镇殡仪馆的记录。也就是说，是在他服下毒药整整二十四个小时之后。按照地方行政法官费尔南多·帕斯托尔·尼艾托的报告，他是在晚上 22 点 35 分从旅馆店主那里获悉一位"外国旅行者"死亡的消息的。于是，他赶紧动身，来到死者的房间，发现他躺在床上，衣服穿得好好的。

　　9 月 27 日。卡丽娜·比尔曼，在她妹妹黛勒以及海妮·古尔兰和格蕾特·弗伦德的簇拥下，匆忙打电话给"各方面的头面人物"。旅馆的门卫为她们端上一杯咖啡的时候，两个宪警突然出现在旅店中，命令她们立即跟他们走一趟。于是，他们一起出门，走上了山路，一直要走到西班牙领土的入口处，他们说，一些"入境许可"在那里正等着她们。在步行了两个钟头之后，他们来到了山顶。一根很粗的绳子悬挂在几根桩子之间，标志着边界。就在边界的另一侧，站立着几个法国警察，有纳粹军人陪同他们一起等着。

　　那两个宪警建议四位女士打电话找一下布港镇的警察。他们半残忍、半同情地开着玩笑，说："感谢我们之前并没有把你们交给法国人！"随后，突然，他们就消失得无影无踪。只留下她们几个女人独自在原地，坐在岩石上，面对着一片灼热的山坡。之前一直就在隐隐要下的暴风雨，骤然来临，把她们淋得透湿。她们决定重新返回到布港镇。经过一段危险的下坡路之后，被大雨淋得像是落汤鸡的她们终于到达了山脚下。时间已经是晚上6点钟了。她们便问当地的西班牙人，最近的边境关卡站在哪里。

　　那些西班牙人并不建议她们前去边境站，因为刚刚有两拨难民被抓住并移交给了德国人。但是，她们别无选择。走进边关检查的办公室时，她们一开始还被当成了吉卜赛女郎。一场激烈的争辩开始了，直到办公室负责人最终露面。他让她们都坐下来等，自己离开房间一会儿，然后又回来，尽可能用像样的法语对她们说："我已经在你们的证件上加盖了一个签证的印戳。我还在一张纸上为你们标记了你们穿越西班牙应该走的路线，假如你们不愿意有人再找你们麻烦的话，另外，我还写明了你们将穿过葡萄牙边境的确切地点。现在，你们应该离开布港镇了，就在今夜。"

旅店的门卫出现在了边境关卡的办公室中。他要求得到他的金币。获得原先谈定的报酬之后，他护送四个女士来到旅店，为她们每个人都安排了一个空气流通的大房间，并邀请她们前往餐厅吃晚餐。当吃到晚餐时，她们简直有些不知所措，因为她们知道，眼下，整个西班牙正苦于食品短缺——甚至可以说是在闹饥荒。然而，在晚餐时，她们却看到了一桌真正的盛宴，饭菜十分丰盛：有黄油，有面包，有鸡肉，有吐司，有葡萄酒。餐桌布置得十分精致，酒杯是水晶的，菜盘是细瓷的，刀叉是银制的。"一切都由旅店赠送。"旅店老板宣布说，面带大大的笑容。

　　但就在这一刻，室内的灯光熄灭了。一支二十来人的队列走了进来，他们都是天主教教士，身穿黑夹白的衣袍，每个人都手持一支点燃的蜡烛，一位神甫走在队列的最前面。他们唱诵着连祷文，鱼贯而行，穿过了餐厅，向楼上走去。他们全都来自附近的一家修道院，准备到本雅明的尸床前作一场安魂弥撒。没有人注意到他是一个犹太人。海妮·古尔兰、卡丽娜·比尔曼、格蕾特·弗伦德，以及所有其他人，全都沉默无语。这一支小小的队伍带走了死者的遗体。

HOTEL DE FRANCIA

BAR - RESTAURANT. HABITACIONES CON AGUA CORRIENTE

JUAN SUÑER

Avenida del General Mola, 5
Teléfono núm. 9

Port-Bou   1 de octubre 1940

A. V.

Sr. D. El hoy difunto Benjamín Walter   DEBE:

	Pesetas	Cts.
Habitación . día. 26 — Habitación y cena	12'	—
Pensión . . . . 27 —		
. . . . 28 — 4 días habitación 5 ptas	20	—
Desayuno . . . 29 —		
. . . 30 —		
Almuerzo . . . . . . 5 gaseosa con limón, 1 pta	5	—
Comida . . . . . 4 conferencias telefónicas	8	80
farmacia	13	—
Vestir difunto 2 personas	30	—
desinfectar habitación y		
lavar colchón y blanqueur	75	—
	163	80
servicio	1	65
sellos móviles	1	—
beneficencia	0	50
Total S. M. ú O, Pesetas	166	95
10 % servicio		
Timbre móvil e impuestos		
Recibido del abonado		

　　莫莱诺大夫开具了死亡证明，证实死者是死于一种"脑溢血"引发的病症。海妮·古尔兰一整天都用来跟当地行政部门的各种名人要员打交道，处理丧事的相关问题。她要求拥有一座坟墓。人家却建议她先租用一个墓穴，五年为一期。说是一个坟墓，实际上是在墓地的天主教礼拜堂里嵌在一道墙中的一个墓龛。

　　镇上的本堂神甫安德雷斯·弗雷克萨为9月28日葬礼的相关服务费用开具了一纸总计九十三比塞塔的收据。

　　教区的第 16 号丧葬登记册中是这样记载的："1940 年 9 月 26 日，瓦尔特·本雅明先生去世于此，赫罗纳省暨主教区的布港镇，享年四十八岁，死者出生于柏林，来自法国，婚配朵拉·凯尔纳。他接受了临终的涂油礼。"

　　本雅明的遗体被安放到一口衬有垫布的棺木中。六名男子抬着"瓦尔特博士"的棺材。在墓地中，一套葬礼仪式按照天主教的规矩举行，有神甫与掘墓工在场，没有任何别的证人。

　　他被安葬到位于墓地南面墙的壁穴中。

　　没有人能再找到瓦尔特·本雅明的遗体，尽管汉娜·阿伦特在墓穴五年租用期结束之前就开始跟墓地方面打交道。她从来就没有看到过她朋友所安息的那个壁穴：第 563 号壁穴从 1940 年 12 月 12 日起，就被一个叫弗兰齐丝卡·科丝妲·罗塞的女士的棺材所占据。很可能，瓦尔特·本雅明的遗体已经被扔到了公共墓坑中。

　　在 1940 年 10 月 30 日回答霍克海默的一封信中，菲格拉斯地方东部边境检查与警备分局的安全总监仔细报告了本雅明随身所带的"像商人那样使用的手提皮包"中的内容如下："一块男用表，一柄烟斗，六张照片，一张 X 光透视底片，一副眼镜，一些信件，几本杂志，数量并不太多的纸张，其中的文字内容无法辨别，另外还有一点点钱。"

　　本雅明去世八天后，法国颁布了一条关于犹太人身份认定的法令，其中规定："第一条。为本法之实行，任何其生身的祖（外祖）父母中有三人为犹太人种者，或有两名祖（外祖）父母为犹太人种且其配偶本人为犹太人种者，皆被视为犹太人。"

　　10月4日，颁布了一项关于监禁外国犹太人的法令。在法令的第一条中，明确规定："凡属犹太人种的外国侨民，自本法令颁布之日起，将均有可能在其居住省份省长的决定下，监禁于特殊营地。"

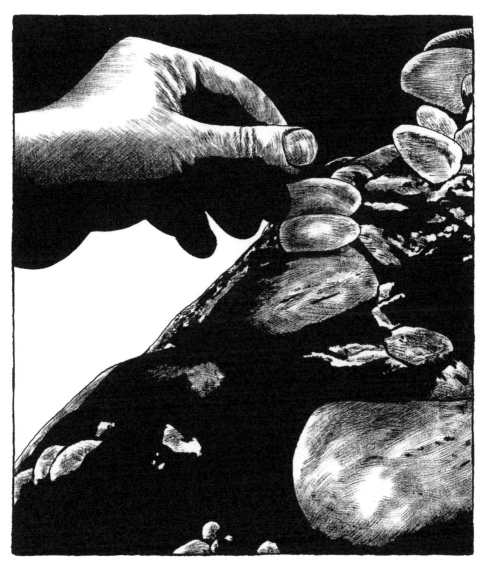

法令还规定，犹太人被剥夺的权利及不允许进入的机构：

1. 行政权。

2. 立法权。

3. 司法权。

4. 所有选举产生的议会。

5. 公务机构。

6. 教育机构。

7. 军官阶层。

8. 报刊、电影与广播。

　　"脑袋，凭着你所拥有的本领，请告诉我，眼前这一刻我究竟在想什么？"
　　脑袋根本就没有动一下嘴唇，用一种清晰的、能被所有人听到的声音回答：
　　"我并不猜测思想。"

资料来源

Pour Walter Benjamin:
documents, essais et un projet
pour le monument « Passages»
de Dani Karavan à Port-Bou,
sous la direction d'Ingrid
et Konrad Scheurmann
AsKI: Inter Nationes, Bonn, 1994

Walter Benjamin , Gretel Adorno
Correspondance (1930-1940)
Gallimard, Paris, 2007

Walter Benjamin
Correspondance I , II
Aubier Montaigne, Paris, 1979

Walter Benjamin
Œuvres I , II , III
Gallimard, coll .«Folio», Paris, 2000

Bernd Witte
Walter Benjamin, une biographie
Cerf, Paris, 1988

Tilla Rudel
Walter Benjamin , l'ange assassiné
Mengès, Paris, 2006

Bruno Tackels
Walter Benjamin.
une vie dans les textes
Actes Sud, Arles, 2009

Jean-Michel Palmier
Walter Benjamin
Les Belles-Lettres, Paris, 2010

Lisa Fittko
Le Chemin des Pyrénées
Maren Sell et Cie, Paris, 1987

Carina Birman
The Narro Foothold
Hearing Eye, London, 2006

Renée Dray-Bensousan
Les Marseillais
dans la Seconde Guerre mondiale
Éditions Gaussen, Marseille, 2013

Ezra Pound
Les Cantos
Flammarion, Paris, 1986, 2002

Ezra Pound

Le Travail et l'usure
L'Âge d'Homme, Lausanne, 1968

John Tytell
Ezra Pound , le volcan solitaire
Seghers, Paris, 1990

Cahiers de l'Herne
Ezra Pound
Volumes I et II
Paris, 1965

Paul Léautaud
Journal littéraire
Mercure de France, Paris, 1986

Wols
Aphorismes
Le Nyctalope , Amiens, 1989

Benjamin Fondane
Poèmes retrouvés, 1925-1944
Parole et silence, Paris, 2013

Andrzej Bobkowski
En guerre et en paix,
Journal 1940-1944

Noir sur Blanc, Montricher, 1991

Charles Péguy
Notre jeunesse
Gallimard, Paris, 1918

Ian Kershaw
Hitler, 1936-1945
Flammarion, Paris, 2000

Cesare Pavese
Le Métier de vivre
Gallimard, Paris, 1958

Paul Nizon
Marcher à l'écriture
«Thesaurus», Actes Sud, Arles, 1997

Edgar Allan Poe
Poèmes
Flammarion, Paris, 1972

Cervantès
Don Quichotte
Le Livre de poche, Paris, 1965

注　释

1. 切萨雷·帕韦塞（Cesare Pavese, 1908—1950），意大利诗人、小说家、文学评论家和翻译家。《生活的本领》是他的日记（1935—1950）。

2. 埃德加·爱伦·坡（Edgar Allan Poe, 1809—1849），美国诗人、小说家和文学评论家。他的诗《闹鬼的宫殿》（The Haunted Palace）1839 年 4 月首发于杂志。

3. 原文为"la langue lui a fourché"，意思是：把一个词误说成另一个词。

4. 保尔·尼宗（Paul Nizon, 1929—），瑞士艺术史学家和作家。

5. 光荣三十年（les Trente Glorieuses），指的是 1946 年到 1975 年间大多数发达国家所经历的经济强劲增长和人们生活明显改善的时期。

6. 葛蕾戴尔·阿多诺（Gretel Adorno, 1902—1993），原名玛葛蕾姐·卡尔普鲁斯（Margarete Karplus），德国化学家，法兰克福学派的圈中人，她是该学派标志人物台奥多尔·阿多诺的妻子。参见《不确定宣言》前两卷中的相关描写。

7. 哥舒姆·肖勒姆（Gershom Scholem, 1897—1982），出生德国的犹太哲学家和历史学家。犹太神秘主义现代学术研究的创始人。参见《不确定宣言》前两卷中的相关描写。

8. 马克斯·布罗德（Max Brod, 1884—1968），捷克犹太人作家，是卡夫卡的终身挚友，是其遗作的整理出版者和推动者。他最终背叛了卡夫卡要求销毁其作品的遗嘱，积极搜集、整理了卡夫卡著作和遗著。他写有《灰色的寒鸦——卡夫卡传》。

9. 劳莱与哈台，又译为劳雷尔与哈迪，指由瘦小的英国演员史丹·劳莱（Stan Laurel, 1890—1965）与高大的美国演员奥利佛·哈台（Oliver Hardy, 1892—1957）组成的喜剧双人组合，在 1920 年代至 1940 年代相当走红。他们演出的喜剧电影，在早期古典好莱坞时期占有重要地位。

10. 马克斯·霍克海默（Max Horkheimer，1895—1973），德国哲学家，法兰克福学派的创始人之一。关于霍克海默以及阿多诺跟本雅明的关系，可参见《不确定宣言》前两卷中的有关描写。

11. 玛格丽特·斯特凡（Margarete Steffin，1908—1941），德国女演员和作家，是贝托尔特·布莱希特最亲密的合作者之一。

12. 里宾特洛甫（Ribbentrop，1893—1946），纳粹德国政治人物。希特勒政府时曾任驻英国大使和外交部长等职。"二战"后被英军抓获，1946 年被纽伦堡国际军事法庭判处绞刑。

13. 莫洛托夫（Molotov，1890—1986），苏联政治家、外交家。他是斯大林的亲密战友和坚定支持者，成为斯大林领导班子的二号人物，"二战"期间曾任外交部长。

14. 魏玛共和国是指 1918 年至 1933 年期间采用共和宪政政体的德国。其使用的国号为"德意志国"（Deutsches Reich）。"魏玛共和国"是后世历史学家的称呼，而非正式用名。

15. 人民阵线（Front populaire）是 1935 到 1938 年法国左翼各党派和群众团体为反击法西斯势力、实行社会经济改革而组成的统一战线。1935 年 7 月 14 日，法国的社会党、共产党等政党和各大工会组织发起了全国规模的反法西斯示威，并决定起草统一左翼各党派行动的共同纲领，人民阵线遂告诞生。1938 年 10 月慕尼黑协定签订后，人民阵线公开分裂，此后名存实亡。可参见《不确定宣言 2》中对人民阵线的相关论述。

16. 爱德华·达拉第（Edouard Daladier, 1884—1970），法国政治家、激进社会党领袖。曾任总理(1933—1934，1938—1940)。1938 年代表法国和希特勒签署《慕尼黑协定》。

17. 萨尔（Sarre）是德国的一个州。

18. 沃尔斯（Wols）是阿尔弗雷德·奥托·沃尔夫冈·舒尔茨（Alfred Otto Wolfgang Schulze, 1913—1951）的笔名，他是活跃于法国的德国画家和摄影师，被认为是点彩画派最有影响力的艺术家之一。

19. 海因里希·布吕赫（Heinrich Blücher, 1899—1970），德国诗人和哲学家。汉娜·阿伦特的第二任丈夫。

20. 汉斯·萨尔（Hans Sahl, 1902—1993），德国诗人、评论家和小说家，犹太人。1933 年起逃离德国，首先到捷克，然后到瑞士，然后是法国。在法国，他与本雅明一起被拘禁。

21. 丽莎·菲特科（Lisa Fittko, 1909—2005）在第二次世界大战期间帮助许多人逃离了纳粹占领的法国。她以协助瓦尔特·本雅明于 1940 年离开法国逃离纳粹追捕而闻名。她的丈夫汉斯·菲特科（Hans Fittko）与她也是志同道合的战友。

22. 让·巴拉尔（Jean Ballard, 1893—1973），法国诗人、作家和编辑。《南方手册》（*Cahiers du Sud*）是一本文学杂志，1914 年创办，1966 年停刊，在让·巴拉尔等人领导下，发表过很多作家与文人的文章。

23. 汉斯·布鲁克（Hans Bruck），生平不详，是本雅明的朋友。

24. 赫尔曼·凯斯滕（Hermann Kesten, 1900—1996），德国小说家和戏剧家。

25. 汉斯–埃里克·卡明斯基（Hanns-Erich Kaminski, 1899—1963），德国作家、记者，用德语和法语写作。

26. 保尔·莱奥托（Paul Léautaud, 1872—1956），法国文学批评家、回忆录作家，曾用笔名莫里斯·波瓦萨（Maurice Boissard）签署了他颇受争议的戏剧评论集。他的《文学日记》共有 19 卷，是他最重要的作品。

27. 乔治·杜阿梅尔（Georges Duhamel, 1884—1966），法国作家。代表作小说有《文明》（1918）、《帕斯基埃家族史》（1933）等。

28. 安杰伊·波布考夫斯基（Andrzej Bobkowski, 1913—1961），波兰作家。

29. 阿德丽安娜·莫尼埃（Adrienne Monnier, 1892—1955），法国书商、作家，出版人。参见《不确定宣言 1》。

30. 希尔薇娅·毕奇（Sylvia Beach, 1887—1962），美国书商与出版人，她在巴黎创建了莎士比亚书店，她还出版了乔伊斯的小说《尤利西斯》。参见《不确定宣言 2》。

31. 吉赛尔·弗伦德（Gisèle Freund, 1908—2000），出生于德国的法国摄影师和记者，以纪实摄影以及作家、艺术家的肖像摄影而闻名。她最著名的著作是《摄影与社会》。参见《不确定宣言 2》。

32. 弗兰茨·海塞尔（Franz Hessel, 1880—1941），德国作家和翻译家，他翻译了法国作家普鲁斯特的小说《追忆似水年华》。参见《不确定宣言 2》。海伦应是他的妻子。

33. 儒勒·罗曼（Jules Romains, 1885—1972），法国作家、诗人，"一体主义"流派的创始人。曾于 1936 年至 1939 年间出任国际笔会主席。1946 年当选法兰西学术院院士。代表作为长篇小说《善意的人们》。

34. 保尔·瓦莱里（Paul Valéry, 1871—1945），法国作家、诗人，法兰西学术院院士。他是法国象征主义后期的主要代表诗人。

35. 保尔·德夏尔丹（Paul Desjardins，1859—1940），法国记者、教授。

36. 亨利·奥普诺（Henri Hopponet，1891—1977），法国外交官，曾在 1952—1955 任法国驻联合国安理会代表。

37. 艾蒂安·杜兰（Estienne Durand，约 1586—1618），法国诗人，因写了反对国王路易十三的小册子《La Riparographie》而被烧死在巴黎的河滩广场（今市政厅广场）。《致易变无常的哲理诗》（Stances à l'inconstance）是他的一首五行体诗歌。

38. 埃兹拉·庞德（Ezra Pound，1885—1972），美国著名诗人、文学家，意象主义诗歌的主要代表人物。参见《不确定宣言 2》。

39. 唐纳德·霍尔（Donald Hall，1928—2018），美国作家、诗人、编辑和文学评论家。写儿童文学、传记、回忆录、散文、诗歌等多种体裁。

40. 勒内·克雷维尔（René Crevel，1900—1935），法国作家、超现实主义运动的参与者。

41. 西奥多·斯潘塞（Theodore Spencer，1902—1949），美国诗人、学者。

42. 威廉·卡洛斯·威廉斯（William Carlos Williams，1883—1963），美国诗人、小说家。

43. 威廉·巴特勒·叶芝（William Butler Yeats，1865—1939），爱尔兰诗人、剧作家，神秘主义者。

44. 雪莱（Shelley，1792—1822），英国浪漫主义诗人，被认为是历史上最出色的英语诗人之一。

45. 詹姆斯·乔伊斯（James Joyce，1882—1941），爱尔兰作家和诗人，20 世纪最重要的西方作家之一。代表作包括短篇小说集《都柏林人》，长篇小说《一个青年艺术家的画像》《尤利西斯》以及《芬尼根守灵夜》。

46. 赫博特·瑞德（Herbert Read，1893—1968），英国艺术史学家、诗人、文学评论家和哲学家，以众多有关艺术的书籍而闻名。

47. 温德汉姆·刘易斯（Wyndham Lewis，1882—1957），英国作家、画家和评论家。他是漩涡主义者运动的共同创始人，并编辑了漩涡主义的文学杂志 BLAST。

48. 格拉齐娅·利维（Grazia Livi，1930—2015），意大利作家和记者。

49. 《战争时与和平时》（En guerre et en paix）是安杰伊·波布考夫斯基于 1940 年到 1944 年间写的日记。

50. 《关于历史的概念》（Über den Begriff der Geschichte）是本雅明逝世前的最后一篇作品，作于 1940 年初。文稿最初的标题是"关于历史的概念"，后人整理收入文集时定名为《历史哲学论纲》，作为本雅明晚期思想的代表作被经常征引。

51. 本雅明在跟葛蕾妲·卡尔普鲁斯通信时，总是署名为戴特莱夫·霍尔兹（Detlef Holz），而她则署名斐丽茜塔（Felicitas）。参见《不确定宣言 2》中的相关内容。

52. 本雅明·丰达纳（Benjamin Fondane，1898—1944），罗马尼亚裔的法国诗人、评论家、存在主义哲学家，因其在电影和戏剧领域的工作而闻名。

53. 《新天使》（Angelus Novus）是瑞士艺术家保罗·克利（Paul Klee）在 1920 年创作的绘画，曾被本雅明买下，现在收藏于耶路撒冷的以色列博物馆。

54. 乔治·巴塔耶（Georges Bataille，1897—1962），法国评论家、思想家、小说家。

55. 恩斯特·魏斯（Ernst Weiss，1882—1940），奥地利的犹太作家。

56. 瓦尔特·哈森克莱弗（Walter Hasenclever，1890—1940），德国表现主义诗人和剧作家。其作品在纳粹上台后就被禁，自己也流亡法国。

57. 卡尔·爱因斯坦（Carl Einstein，1885—1940），德国犹太作家、艺术史学家、无政府主义者。

58. 1940 年 9 月，英国满载战争难民"贝拿勒斯号"在大西洋海面上被德军潜艇的鱼雷击中，不幸沉没，船上有 325 名乘客遇难，其中包括 77 名儿童。

59. 鲁道夫·奥尔登（Rudolf Olden，1885—1940），德国律师和记者。

60. 居尔营地是 1939 年在法国西南部离波城不远的居尔（Gurs）建造的一个集中营和战俘营。营地最初由法国政府在加泰罗尼亚沦陷后建立，目的是控制因担心遭到佛朗哥政权报复而逃离西班牙的人。

61. 拉罗什富科（La Rochefoucauld，1613—1680），法国作家，著有《箴言录》。

62. 雷兹枢机主教（Cardinal de Retz，1613—1679），法国政治家、作家。本名让·富朗索瓦·保尔·德·贡迪（Jean François Paul de Gondi），是巴黎总教区的主教，还是投石党运动的积极参与者。著有《回忆录》。参见《不确定宣言 2》。

63. 原文为 "le der des ders"，是第一次世界大战后在法国很流行的一种表达法，原本指 "最后的一次大战"，后来也用来指 "参加过一次大战的法国兵"。

64. 费迪南多·加利亚尼（Ferdinando Galiani，1728—1787），意大利经济学家，意大利启蒙时代的重要人物。

65. 塞尔日·拉玛（Serge Lama，1943— ），法国歌手、词曲作者。他最著名的歌曲是跟爱丽丝·多娜（Alice Dona）一起创作的《我病了》（Je suis malade）。

66. 法兰丝·加尔（France Gall，1947—2018），原名为伊莎贝尔·吉纳维芙·玛丽·安娜·加尔（Isabelle Geneviève Marie Anne Gall），法国耶耶（Yé-yé）歌手。参见《不确定宣言 2》。

67. 有文字游戏，"钱拉"的原文"Gérard"和"俗气"的原文"ringard"，词形上有些类似，像是辅音做了互换。

68. 米歇尔·萨尔杜（Michel Sardou，1947— ），法国歌手、词曲作者。

69. 漂浮岛（îles flottantes），又叫法式蛋白霜。打散蛋白，经过热水煮熟或放入烤箱烘烤后，铺在英式香草奶黄淋酱上，再淋上少许焦糖浆，它的样子仿佛就像苍茫大海中的孤岛。

70. 国民阵线(Front National)是法国极右翼政党，成立于 1972 年，前身是被取缔的极右组织"新秩序党"。2018 年 6 月，"国民阵线"正式改名为"国民联盟"。

71. 以斯拉（Esdras）是圣经《旧约》中的先知，为大祭司亚伦的后裔，著有《以斯拉记》。

72. 康拉德·艾肯（Conrad Aiken，1889—1973），美国作家，写诗歌、小说、戏剧和自传。

73. 多尔索杜罗区（Dorsoduro）是威尼斯的大学区。下文中圣特洛瓦索（San Trovaso）也在那里附近。

74. 亨利·纽博特（Henry Newbolt，1862—1938），英国诗人、小说家和历史学家。

75. 多萝西·莎士比亚（Dorothy Shakespear，1886—1973），英国艺术家，漩涡主义运动的参与者。1914 年与庞德结婚。1920 年两人移居巴黎，几年后定居意大利拉帕洛。1920 年代庞德与奥尔加·卢奇发生婚外恋，这段恋情一直持续到庞德去世。

76. 理查德·阿尔丁顿（Richard Aldington，1892—1962），英国作家、诗人；希尔达·杜利特尔（Hilda Doolittle，1886—1961），美国诗人、小说家；F. S. 弗林特（F.S.Flint，1885—1960）英国诗人、翻译家。约瑟夫·坎贝尔（Joseph Campbell，1879—1944），爱尔兰诗人；帕德雷克·哥伦（Padraic Colum，1881—1972），爱尔兰诗人、小说家、剧作家；欧内斯特·里斯（Ernest Rhys），英国作家；佛萝兰丝·法尔（Florence Farr，1860—1917），英国戏剧演员，也是女权主义活动家。

77. 约翰·济慈（John Keats，1795—1821），英国诗人，《夜莺颂》为其名作。威廉·华兹华斯（William Wordsworth，1770—1850），英国诗人，属于浪漫主义的"湖畔派"。

78. D. H. 劳伦斯（David Herbert Lawrence，1881—1930），英国小说家、批评家、诗人、画家。

79. 埃德蒙·戈斯（Edmund Gosse，1849—1928），英国诗人、文学史家、评论家。他的自传《父与子》被认为是英国传记文学史上第一部现代派心理传记。

80. 菲利波·托马索·马里内蒂（Filippo Tommaso Marinetti，1876—1944），意大利作家，未来主义文学运动的发起人。翁贝托·薄乔尼（Umberto Boccioni，1882—1916），意大利未来主义的画家、雕塑家。

81. 约翰·奎因（John Quinn，1870—1924），爱尔兰裔美国学者、世界艺术史学家、律师。

82. 弗雷泽（George Sutherland Fraser，1915—1980），苏格兰诗人、文学评论家。

83. 西吉斯蒙多·马拉泰斯塔（Sigismond de Malatesta，1417—1468），意大利贵族、雇佣军军官，他出身的马拉泰斯塔家族始终是意大利里米尼地方的贵族。庞德的《诗章》第 8~11 章以他为主人公。

84. 托马斯·杰弗逊（Thomas Jefferson，1743—1826），美国的第三任总统。他是《美国独立宣言》的主要起草人，也是美国开国元勋中最具影响力的人物。《诗章》的第 31~33 章写到了他。

85. 约翰·亚当斯（John Adams，1735 — 1826），美国第一任副总统，后接替华盛顿成为美国第二任总统。他是《独立宣言》签署者之一，被美国人视为最重要的开国元勋之一，《诗章》第 62~71 章写的就是他。

86. 托·斯·艾略特（Thomas Stearns Eliot，1888—1965），英国诗人、评论家、剧作家，其作品对 20 世纪整个世界的文学史影响极为深远。1948 年获得诺贝尔文学奖。

87. 简·希普（Jane Heap，1883—1964），美国出版人，在发展和促进现代主义文学方面具有举足轻重的地位。她与友人一起创办了著名的文学杂志《小评论》，该杂志在 1914—1929 年间，出版过美国、英国和爱尔兰的现代作家的作品。

88. 玛格丽特·安德森（Margaret Anderson，1886—1973），美国出版人，她是文学杂志《小评论》的创始人之一。

89. 费尔南·莱热（Fernand Léger，1882—1955），法国画家、雕塑家、电影导演。早年由印象派、野兽派转入立体派，1909 年与罗贝尔·德劳内一起倡导"由反差引起的自由色彩之战"。

90. 特里斯丹·查拉（Tristan Tzara，1896—1963），罗马尼亚裔法国诗人、散文作家。他是达达主义运动的发起人之一；勒内·克雷维尔（René Crevel，1900—1935），法国作家，曾积极参与超现实主义运动。参见上文注释；路易·阿拉贡（Louis Aragon，1897—1982），法国诗人、小说家。1919 年与布勒东、苏波等创办《文学》杂志，1924 年发表超现实主义理论著作《梦幻之潮》。1931 年与超现实主义者决裂，是法国共产党的积极活动分子；康斯坦丁·布朗库西（Constantin Brancusi，1876—1957），罗马尼亚裔法国雕塑家和现代摄影家，被誉为现代主义雕塑的先驱；让·科克托（Jean Cocteau，1889—1963），法国诗人、小说家、剧作家、导演。多才多艺，尝试过多种艺术和文学形式。

91. 弗朗西斯·皮卡比亚（Francis Picabia，1879—1953），法国画家、艺术家。一开始崇尚印象主义，后转向立体主义。1913 年，他放弃了立体主义观点。1915 年后投向达达主义和超现实主义运动。

92. 罗斯柴尔德家族（Rothschild），欧洲最著名的银行世家，对欧洲经济史并间接对欧洲政治历史产生影响达二百多年。

93. 布鲁克斯·亚当斯（Brooks Adams，1848—1927），美国历史学家、政治学家和批评家。

94. 阿纳托尔·法朗士（Anatole France，1844—1924），法国小说家，1921 年诺贝尔文学奖获得者。《企鹅岛》是他的长篇小说。

95. 克利福德·休·道格拉斯（Clifford Hugh Douglas，1879—1952），英国工程师，也是社会信贷运动的先驱。

96. 1922 年 10 月，墨索里尼因为不满他的法西斯党在头一年的国会选举中在 535 席中只取得 105 席，号召 3 万名支持者进军罗马。此举成功地迫使意大利国王任命他为政府首相。

97. 语见《论语·颜渊》。整句为："君子之德风，小人之德草，草上之风必偃。"

98. 哈丽特·肖·韦弗（Harriet Shaw Weaver，1876—1961），英国政治活动家和杂志编辑。她是爱尔兰作家詹姆斯·乔伊斯的重要赞助人。

99. 乔伊斯在信中故意把希特勒的名字说成 "Hitler-Missler"，让人很容易想到 *hit or miss* 这个说法，从而把它联想为 "无论打中还是没打中" 这样一个外号。

100. 贾马尔·沙赫特（Hjalmar Schacht，1877—1970），德国经济学家、银行家、自由主义政治家，也是德国民主党的联合创始人，魏玛共和国期间担任过货币局局长和央行行长。

101. 戈特弗里德·费德尔（Gottfried Feder，1883—1941），德国经济学家，也是纳粹党的早期主要成员之一和该党的经济理论家。

102. 路易·祖科夫斯基（Louis Zukofsky，1904—1978），美国诗人，客观主义诗人群体的创始人和主要理论家。

103. 约翰·泰特尔（John Tytell，1939— ），美国作家和学者。

104. 原文如此，疑应为 "1939 年 9 月 1 日"。

105. 昂里克·佩阿（Enrico Pea，1881–1958），意大利小说家、诗人、剧作家。

106. "萨罗法西斯共和国"（*République fasciste de Salo*），实际上名为意大利社会共和国，因其政府所在地为萨罗，又称萨罗共和国，是二次大战末期墨索里尼在希特勒的扶植下于意大利北部建立的法西斯傀儡政权，成立于 1943 年 9 月 23 日，灭亡于 1945 年 4 月 25 日。

107. 罗伯特·李．艾伦（Robert Lee Allen，1942— ），美国作家，大学教授。

108. 詹姆斯·拉夫林（James Laughlin，1914—1997），美国诗人、文学出版人，创建了新方向出版社。

109. 弗朗索瓦·维庸（François Villon，1431—1474？），法国中世纪杰出的诗人，是市民抒情诗的主要代表。维庸一生中总是感到死神在逼近，再也无法逃脱，而在等待死亡之时，他仿佛总是看到自己被吊死在绞刑架上，他曾写过《绞刑犯之歌》这样的诗。

110. 博林根奖（Prix Bolligen）是授予美国诗人的一种文学奖，每两年颁发一次，以表彰获奖人在过去两年中的新诗作品，或一生的成就。

111. 《党派评论》（Partisan Review），是一份美国的政治及文学季刊，1934 年至 2003 年出版。

112. 夏尔·贝玑（Charles Péguy，1873—1914），法国诗人，作品带有强烈的天主教倾向。

113. 亨利·弗雷奈（Henri Frenay，1905—1988），法国军官，第二次世界大战中的法国抵抗运动成员。

114. 米斯特拉尔风（mistral）是法国南部及地中海地区特有的干寒而强烈的西北风或北风。

115. 阿瑟·库斯勒（Arthur Koestler，1905—1983），出生于匈牙利的犹太裔英国作家、记者和批评家。

116. 杰克逊·波洛克（Jackson Pollock, 1912—1956），美国画家，抽象表现主义大师。

117. 昆特委员会（commission Kundt），以纳粹法律顾问恩斯特·昆特（Ernst Kundt，1897—1947）的名字命名，其任务是将在法国的德国人安置到德军占领区，或将其送回到德意志帝国境内。该委员会还有检查法国羁押营的任务。

118. 弗里茨·法兰科尔（Fritz Fränkel，1892—1944），德国精神病学家。

119. 亨利希·曼（Heinrich Mann, 1871 –1950），德国小说家，他是著名作家托马斯·曼的哥哥。戈洛·曼（Golo Mann，1909—1994），德国历史学家、作家和哲学家。他是著名德国作家托马斯·曼与卡提娅的第三个孩子。

120. 弗兰茨·维尔费尔（Franz Werfel，1890—1945），奥地利小说家、剧作家、诗人。阿尔玛·马勒（Alam Mahler，1879—1964），奥地利作曲家、作家、编辑、社会名流。她曾先后是作曲家古斯塔夫·马勒、建筑师瓦尔特·格罗皮乌斯和小说家弗兰茨·维尔费尔的妻子，也是几位名人的伴侣，特别是画家奥斯卡·考考斯卡。

121. 瓦尔特·梅林（Walter Mehring，1896—1981），德国作家，也是魏玛共和国最著名的讽刺作家之一。他的作品在第三帝国期间被禁，他本人则逃离了德国。

122. 格奥尔格·伯恩哈德（Georg Bernhard，1875—1944），德国记者，著名的金融专栏作家，以及久负盛名的乌尔斯坦出版社的负责人。

123. 阿尔弗雷德·德布林（Alfred Döblin，1878—1957），德国小说家、散文家，其代表作为发表于1929年的小说《柏林，亚历山大广场》。

124. 文森特·阿泽马（Vincent Azéma，1879—1961），社会主义者，"二战"中的抵抗运动成员，滨海巴纽尔斯镇的镇长。

125. 海妮·古尔兰（Henny Gurland，1900—1952），德国摄影家。1944年又嫁给了精神分析心理学家艾瑞克·弗洛姆。

126. 海因里希·希姆莱(Heinrich Himmler，1900—1945)，纳粹德国的重要政治头目，曾任帝国的内政部长、纳粹党卫队的首领，被认为对纳粹德国在"二战"期间大肆屠杀犹太人负有主要责任。德国投降后，被盟军拘留，服毒自杀。

127. 阿道夫·艾希曼（Adolf Eichmann，1906—1962），德国纳粹头目，"二战"期间针对犹太人大屠杀的主要责任人和组织者之一，以组织和执行"犹太人问题最终解决方案"而闻名，战后逃亡并定居阿根廷，后遭以色列情报人员逮捕，公开审判后绞死。

128. 西奥多·丹内克（Theodor Dannecker，1913—1945），德国党卫军军官，艾希曼的同伙。

129. 伊恩·克肖（Ian Kershaw，1943—），英国历史学家，研究纳粹德国尤其是希特勒的专家，以《希特勒传》闻名。

130. 汉斯·弗兰克（Hans Frank，1900—1946），纳粹德国头目，1920年代至1930年代曾为纳粹党专用辩护律师，后来担任波兰总督，战后纽伦堡审判中被判绞刑。

131. 罗伯特·瓦格纳（Robert Wagner，1895—1946），"二战"中德国占领法国期间的巴登地方的行政长官。

132. 夏萝特·萨洛蒙（Charlotte Salomon，1917—1943），德国犹太画家。

133. 卡丽娜·比尔曼（Carina Birman，1895—1996），1926年至1938年在奥地利驻巴黎大使馆担任法律顾问。她后来写有一本书，讲述了她与朋友索菲·李普曼（Sophie Lippmann，1885—1975）在"二战"中的逃亡经历。从比利牛斯山脉穿过法国边境，进入西班牙和葡萄牙，最后到达纽约。她见证了本雅明的逃亡经历以及他生命的最后时刻。

134. 格蕾特·弗伦德（Grete Freund，1885—1982），奥地利轻歌剧女演员。

135. 见上文中对"卡丽娜·比尔曼"的注释。

出版后记

　　法国作家、艺术家费德里克·帕雅克成名甚晚。1999 年，四十四岁的他才出版成名作《巨大的孤独》(*L'immsense Solitude*)。这本书讲述的是德国哲学家尼采与意大利作家、诗人帕韦泽的生平故事，它的成功并不在于内容，而在于形式。这本书不是关于尼采或帕韦泽的传记，也不是历史或者故事书；不是绘本，也不是漫画。更重要的它也不是散文，不是小说，或者时下流行的图像小说。它包含绘画与文字，包含了历史与故事，包含了传记与回忆，包含了散文与小说，但它又不属于任何门类。总之，它无从归类，用评论家的话来说，帕雅克创造了一种全新的集传记、散文、诗歌、绘画于一体的图文叙事。

　　事实上，这种全新的图文叙事早在作者童年时期便已萌芽。帕雅克出生于 1955 年，从小跟随祖母长大。九岁时，他的父亲在一次车祸中丧生。十岁那年，他开始梦想成为作家，要写一本把文字和图画混杂在一起的书，其中包括"一些历险，一些零碎的回忆，一些警句格言，一些幽灵，一些被遗忘的英雄，一些树木，以及怒涛汹涌的大海"。帕雅克的青春期非常动荡，他打过零工，上过寄宿学校，学过绘画，参加过巴黎的"五月风暴"，去过意大利、阿尔及利亚漂泊，但始终没有放弃创作。他在画画的同时，也写诗歌、小说、散文，还做过编剧，主编过一些文化或讽刺杂志，在四十四岁前，一直在寻找属于自己的创作方式。

　　帕雅克以《巨大的孤独》获得了 1999 年的米歇尔·当丹奖。正是从这本书开始，他最终确立了自己的创作风格，从而把十岁时的创作梦想变成了现实。之后，帕雅克延续此种风格，2000 年出版了《爱之伤》(*Le Chagrin d'amour*)，描绘诗人阿波利奈尔。让他在欧洲引起轰动的是从 2012 年到 2020 年陆续出版的九卷本《不确定宣言》，在出版的过程中就斩获了三大奖项：2014 年获美第奇散文奖，2019 年获龚古尔传记奖，2021 年获瑞士文学大奖。

《不确定宣言》的酝酿与创作几乎贯穿了帕雅克的一生。这个书名诞生于他年轻时在一列国际列车上当列车员的一个清晨，此后他尝试用小说、诗歌、绘画的方式不断地接近这个主题，直到终于以图像和文字结合的方式成形。事实上，就像书名一样，《不确定宣言》始终保持这一种不确定的、开放的创作状态，一开始就没有明确的规划，像一场梦、一次旅行、一条河流。它是一本书，但又是无数本书，似乎可以无限制地生长、衍生。九卷内容大致如下：

第 1~3 卷　主要人物是瓦尔特·本雅明。讲述 1932 年后，居无定所的本雅明从西班牙伊比萨岛到巴黎，到关进涅夫勒的集中营，再到马赛，最终自决于比利牛斯山布港小镇的经历。三卷副书名由后浪编辑部所加。

第 4 卷　作者自叙童年在法国南部的成长与教育，同时加入 19 世纪著有《论人类种族的不平等》的法国作家戈比诺（Arthur de Gobineau）跌宕起伏的人生故事。

第 5 卷　一本特别的《凡·高传》（Van Gogh, L'étincellement），着重讲述凡·高的童年和生命的最后几年。

第 6 卷　为作者的自传，讲述从童年到青少年的三个阶段：父亲的死，弗朗哥统治西班牙时期离奇的车祸，崇尚"裸体"的岛村噩梦。有副书名：受伤（Blessures）。

第 7 卷　作者在美国寻访艾米莉·迪金森，在俄罗斯追踪玛利亚·茨维塔耶娃的足迹。包括《艾米莉·迪金森，玛利亚·茨维塔耶娃》（Emily Dickinson, Marina Tsvetaieva）、《即时诗》（L'immense Poésie）。

第 8 卷　描写作者 1982 的北京之旅和 2019 年的台北之旅。两个交叉的人物是作家莱奥托（Paul Léautaud）和历史学家勒南（Ernest Renan）。有副书名：记忆地图（Cartographie du Souvenir）

第 9 卷　主要讲述葡萄牙作家、诗人佩索阿的人生故事。包括《与佩索阿在一起——纪念品 1，2，3》（Avec Pessoa-Souvenirs I, II, III）、《事件的地平线 1，2》（L'horizon des Événements I, II）和《缺席—结语》（L'Absence-Épilogue）。

图书在版编目（CIP）数据

不确定宣言 . 3, 本雅明在逃亡 /（法）费德里克·
帕雅克著; 余中先译 . -- 成都:四川文艺出版社,
2021.10
ISBN 978-7-5411-6075-2

Ⅰ . ①不… Ⅱ . ①费… ②余… Ⅲ . ①传记小说—法
国—现代 Ⅳ . ① I565.45

中国版本图书馆 CIP 数据核字 (2021) 第 137660 号

MANIFESTE INCERTAIN VOLUME 3, by Frédéric Pajak
© 2014 Noir sur Blanc, Lausanne
Text translated into Simplified Chinese © 2021 Ginkgo (Beijing) Book Co., Ltd
This copy in Simplified Chinese can be distributed throughout The World, hereby excluding Hong Kong,
Taiwan and Macau.
Simplified Chinese language edition published by arrangement with Noir sur Blanc, through The Grayhawk
Agency

本书简体中文版权归属于银杏树下（北京）图书有限责任公司
版权登记号：图进字 21-2020-383 号

BUQUEDING XUANYAN 3: BENYAMING ZAI TAOWANG
不确定宣言 3：本雅明在逃亡

[法]费德里克·帕雅克 著

余中先 译

出 品 人	张庆宁
选题策划	后浪出版公司
出版统筹	吴兴元
编辑统筹	周 茜
责任编辑	李国亮 邓 敏
特约编辑	张媛媛 雷淑容
责任校对	汪 平
装帧制造	墨白空间·郑琼洁
营销推广	ONEBOOK

出版发行	四川文艺出版社（成都市槐树街 2 号）
网 址	www.scwys.com
电 话	028-86259303（编辑部）
传 真	028-86259306

印 刷	天津图文方嘉印刷有限公司			
成品尺寸	172mm×240mm	开 本	16 开	
印 张	38	字 数	150 千字	
版 次	2021 年 10 月第一版	印 次	2021 年 10 月第一次印刷	
书 号	ISBN 978-7-5411-6075-2	定 价	180.00 元（全 3 册）	

后浪出版咨询（北京）有限责任公司 常年法律顾问：北京大成律师事务所
周天晖 copyright@hinabook.com